KB191164

무해한 주연

우주나무 청소년문학은
사려 깊은 삶의 지도를 그리는 데 실마리가 되려는 청춘의 문학입니다.
크고 강해서 사나워 보이나 순한 초식의 코뿔소처럼, 요동치는 마음에 공감과 위안,
버팀목이 되고, 열정 어린 눈에 즐거움과 기쁨을 더하고 싶습니다.

전자윤

소설과 동화와 시를 쓰는 작가입니다. 지은 책으로 동시집 《난 반항하는 게 아니야》, 《까만 색종이도 필요해》, 동화책 《개똥이 : 서해 바닷물을 다 마시고도 짜다고 안 한 아이》, 《다람쥐 귀똥 씨와 한 밤 두 밤 세 밤》, 《비밀은 아이스크림 맛이야》, 《새파란 미운털의 비밀》, 그림책 《읽는 사람 김득신》, 《그림자 어둠 사용법》 등이 있고 샘터상, 한국안데르센상, 부산아동문학 신인상을 받았습니다.

우주나무 청소년문학 4

무해한 주연

전자윤 장편소설

우주나무

차례

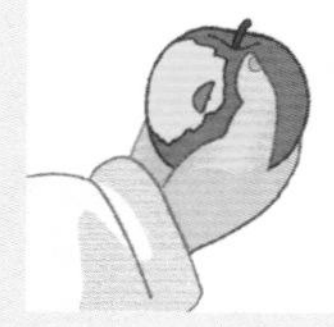

1
김 씨네 가족

온종일 땀을 닦았다. 11월치고 꽤 따듯한 날이기도 했고 롱 패딩을 걸치고 있어서 목덜미와 등이 땀으로 끈끈했다. 이맘때 서울은 쌀쌀하다는 생각만으로 챙겨 입은 옷이었다.

부산 역사 안으로 들어서니 내 옷차림이 평범해진다. 티셔츠와 반바지, 트렌치코트와 얇은 패딩 조끼. 드물게 나처럼 롱 패딩을 입은 사람들까지. 옷차림으로는 계절 분간이 어렵다.

창구에서 서울행 KTX 열차표를 사고 나니 갑자기 바다가 보고 싶어졌다. 부산역 뒤편 친수 공원 쪽으로 걸음을 옮겼다. 친수 공원 쪽에서 바다를 볼 수 있었던 게 얼핏 기억났기 때문이다. 부산역 2층과 연결된 통로를 따라 밖으로 나오니 푸르스름한 바다 귀퉁이가 보였다.

널따란 야외 광장을 지나 다리를 건너 공원 입구까지 왔을 때 마음이 바뀌었다. 이왕이면 모래밭이 있는 푸른 바다를 제대로 감상하고 싶었다.

부산역으로 되돌아가 열차표를 저녁 시간으로 바꾸려는데 막차까지 매진이라 표를 구할 수 없었다. 하는 수 없이 내일 아침 시간으로 바꾸고 고모에게 전화했다. 고모는 별말 없이 도착 시간만 확인하더니 내일 서울역으로 마중 나오겠다고 했다.

"괜찮아요. 고모, 나 서울에서 살았었잖아요. 할아버지 집에서 살았고요. 혼자 찾아갈 수 있어요."

"알아. 너 서울에서 나고 자란 거. 그래도 거의 이 년 만에 서울 행차잖아. 편하게 모시고 싶으니까 사양 말도록. 나선 김에 같이 점심 먹고 들어오자. 괜찮지? 그래, 그럼 내일 서울역에서 보자."

고모와의 통화는 간단명료하다. 고모는 감정을 확인하기 위해 대화를 소모하지 않는다. 오랜만에 연락을 해도 따듯하지도 차갑지도 않은 미적지근한 온도. 감정에 델 염려가 없다. 적당한 선에서 각자 의견을 말하고 절충하는 방식. 무해하고 평화롭다.

엄마는 아빠를 제외한 김 씨 일족의 소통 방식을 비웃었다. 특히 아빠의 쌍둥이 동생인 고모를 못마땅해했다. 엄마는 결혼하기 전부터 고모와 호칭 문제로 언쟁을 벌였다고 했다.

고모는 엄마보다 네 살이 많긴 했어도 손아랫사람인데 엄마를 '소영 씨'라고 불렀다. 자신도 '아가씨'라는 호칭을 거부하고 엄마에게 '미영 씨'라고 불러 달라고 요청했다.

아빠는 당연히 엄마의 편을 들었지만 고모는 오빠의 말을 고분고분하게 따르는 동생이 아니었다. 게다가 고모는 아빠조차 '오빠'가 아니라 이름으로 불렀다. 그건 처음부터 고모의 생각이 아니라 친가 분위기가 그랬다.

"옛날은 옛날이고 지금은 그 시절이 아니니까. 우리가 살았던 대로 살 필요는 없지. 너흰 너희 세대에 맞게 각자 편한 대로 살아라."

집안에서 막내로 자랐던 할아버지와 할머니는 가족 간의 서열 문화에 철저하게 착취당한 피해자들이었다. 5형제의 막내였던 할아버지는 "희생당했다."라는 표현을 쓴 적도 있었다.

할아버지와 할머니는 지극히 평등한 가정을 이룩해 유년 시절의 상처를 치유하려고 했다. 그 출발은 쌍둥이 남매의 서열 타파였다. 부모님의 열린 사고방식 덕분에 아빠와 고모는 서로의 이름을 부르며 겉으로는 평등하게 자랐다.

아빠로서는 불공정한 약관이었다. 김 씨네 가족으로 로그인하기 위해서 어쩔 수 없이 동의했지만 자신의 권리를 빼긴 기분에 사로잡혔다. 자신을 또 다른 불평등 문화의 희생양으로 여겼다. 아빠는 결혼 이후 논쟁에서 발을 뺐다. 신혼집을 구하지 못해 부모님 댁에서 더부살이하는 처지였고 분가를 하기 위해선 부모님에게 경제적 지원을 받아야 했기 때문이었다.

"당신네 집안사람들은 가족 개념이 아주 대단히 잘못됐어. 여기가 미국이야? 오빠와 언니 이름을 부르게 하는 게 뭐가 평등하다는 거야? 완전히 콩가루 집안이야. 이게 무슨 가족이야? 남이지. 아니, 남보다 못해."

엄마는 불만을 터트렸지만, 더 이상 호칭을 문제 삼지 않았다. 하지만 줄곧 '고모'라면 치를 떨면서 불쾌한 감정을 드러냈다.

나는 달랐다. 고모가 우리 엄마였으면 하는 바람을 키웠던 적도 많았다.

오래전 일이다. 고모와 유명한 빵집에 갔었다. 가게 안 진열대에는 먹음직스러운 빵이 가득했다. 나는 쟁반을 들고 차분히 빵을 골랐다. 진열대 모퉁이를 돌다가 어떤 아줌마가 바게트를 훔치는 걸 목격했다. 아줌마는 외투를 팔에 걸치고 있었는데 그 틈으로 바게트를 숨겼다. 나는 깜짝 놀라서 고모를 찾아 두리번거렸다. 그러다 나보다 키가 작은 여자아이와 부딪혔다. 하마터면 쟁반을 떨어뜨릴 뻔했다. 그러자 바게트를 훔쳤던 아줌마가 빠르게 다가오더니 손가락으로 내 이마를 찔렀다.

“얘, 앞을 잘 보고 다녀야지. 우리 애가 다칠 뻔했잖니! 사과 안 하니?”

나는 당황해서 아무 말 못 하고 가만히 서 있었는데 어느 틈엔가 아줌마 손이 치워졌다. 고모는 내 어깨를 붙잡고 아줌마에게 사과했다. 아줌마는 떨떠름한 표정으로 말했다.

“엄마예요? 애가 사과를 할 줄 모르네요. 잘 가르쳐야겠어요.”

고모는 대답하지 않고 빈 쟁반을 아줌마에게 내밀었다.

“빵을 손에 들고 다니면 불편하지 않으세요? 쟁반 여깄어요.”

쟁반을 받아 든 아줌마의 뺨이 불그스레해졌다. 근처에 있던 직원이 집게를 가져다주었다. 여자아이는 순진한 표정으로 아줌마를 올려다보았다. 고모와 나는 계산대로 향했다. 뒤돌아봤을 때 아줌마와 여자아이는 보이지 않았다.

그때 느꼈던 감정을 뭐라고 꼬집어 말하긴 어렵다. 아줌마와 여자아이가 떠나서 다행이라고 안심했던 것도 같고, 왠지 모르게 그 자리에 남겨진 내가 부끄러웠던 것도 같다.

왜 부끄러움은 그들이 아니라 내 몫이었을까? 그건 지금도 설명이 안 된다. 다만 고모의 모습은 꽤 품위 있었던 걸로 기억된다. 어떤 소란 없이, 쟁반을 아줌마에게 권하며 조용히 해결하는 모습이 무척이나 멋있어 보였다. 집에 돌아와서 빵집에서 있었던 일을 얘기했다. 그러나 가족들 반응은 시원찮았다.

"고모가 잘못했네. 어린이날에 애를 데리고 빵을 훔칠 정도라면 돈이 없다는 건데, 모른 척해 주지. 그 엄마, 얼마나 창피했을까? 불쌍해."

엄마에게 묻고 싶었다. 불쌍하면 나쁜 짓을 해도 다 모른 척 눈감아 줘야 하는지. 나와 고모가 느꼈을 감정에 대해서는 왜 걱정을 안 해 주는지.

"미영이가 원래 고지식해. 융통성이 없어. 다른 사람들 딱한 형편을 이해 못 해. 그걸 아는 애라면 불쌍한 나를 도와주라고 한번쯤 아버지한테 말했겠지. 걔는 우리가 분가할 때도 도움을 준 게 하나도 없어. 맨날 자기 생각밖에 안 해. 나는 안중에 없겠지. 가족으로도 안 볼걸."

아빠에게 묻고 싶었다. 왜 고모가 아빠를 돕는 게 당연한 건지. 아빠는 고모를 동생으로, 가족으로 아껴 줬는지.

"고모가 빵만 사 줬어? 다른 건 없어? 선물이나 용돈은? 아, 그건 실망인데. 내가 그래서 안 따라간 거야. 고모는 꼭 먹는 거로

때우더라. 섭섭하게."

오빠에게 묻고 싶었다. 내가 한 이야기를 제대로 들은 건지. 고모를 좋아하지도 않으면서 바라는 건 왜 그리 많은지.

고모에게도 묻고 싶었다. 나는 왜 가족의 사소한 반응을 그냥 넘기지 못하는지. 내가 예민한 건지. 질문이 계속 맴돌 때 고모를 찾아가 물었다.

"주연아, 이 세상에 사소한 건 없어. 다 중요해. 아무리 작은 일이라도 그 일이 일어난 이유는 반드시 있거든. 고모는 '이유'가 정말 중요하다고 생각해. 아주 사소한 이유로 사람이 좋아지기도 하고 싫어지기도 하잖아. 사소한 부분이 가장 중요할 수도 있어."

고모는 어른을 상대하듯 나에게 말했다.

"예민하다는 건 특별한 재능이야. 감각이 그만큼 뛰어나서 작은 부분이라도 놓치지 않으니까. 넌 그 재능으로 아주 중요한 이유를 찾고 있어. 가족이니까 더 오래, 자세히, 공들여 이유를 찾는 거야. 너에게 중요한 사람들이니까."

한번은 네 식구가 잠옷 바람에 외투만 걸치고서 고모 집에 쳐들어간 적이 있었다.

그날 수도 공사로 동네가 단수되었고 늦은 밤 보일러까지 고장 나서 고모 집으로 피신하려고 했던 거다. 가족들은 막차를 놓치지 않으려고 무단 횡단을 했다. 그 정도로는 사회 질서가 마비되지는 않는다. 하지만 누가 보든 안 보든 당연히 지켜야 하는 게 규범 아닌가?

나는 인도에서 신호가 바뀌길 기다리며 가족을 부끄러워했다. 어째서 부끄러움은 늘 남겨진 사람의 몫일까? 나는 또 이유를 찾았다.

버스를 놓친 가족들은 얼굴을 잔뜩 찌푸리고 나를 노려봤다. 세 사람이 도미솔, 파라도, 솔시레 할 때 혼자 불협화음으로 밀려났다. 나를 드러내면 안 됐었는데.

겨우 막차 버스를 타고 고모가 사는 빌라에 도착했다. 고모는 현관문을 열어 주지 않았다. 아빠는 연거푸 벨을 누르며 현관문을 두드렸다.

"미영아! 나다. 문 좀 열어 봐."

잠시 후 인터폰에서 고모의 목소리가 흘러나왔다.

"김성호! 이러지 않기로 했잖아. 가족이라도 연락도 없이 아무 때나 찾아오는 건 예의가 아니잖아. 왜 전화도 없이 왔어?"

고모는 차분한 목소리로 물었다. 아빠의 표정이 딱딱하게 굳었다. 옆에 있던 엄마가 나섰다.

"고모, 우리 식구 다 같이 왔어요. 연락 없이 온 거 미안한데 단수가 되어서요. 버스 끊기기 전에 오려고 서두르다 보니, 전화한다는 거 깜빡했어요. 보일러도 고장 나서요. 정신이 없었어요."

"그래서요?"

"예? 저기, 우리는 고모 집에서 하루만 신세를 지려고……. 고모, 이럴 게 아니라 잠깐 나와서 얼굴 보고 얘기해요."

"아니에요. 그 얘기라면 더 하고 싶지 않아요. 숙박비가 없으시면 계좌로 보내 드릴 테니까 다른 데 가셔서……."

"거참, 가족끼리 해도 해도 너무한다. 미영아, 너 조카들 보기 안 부끄럽냐?"

아빠가 버럭 소리를 질렀다.

"김성호! 소리치지 마. 이웃에서 신고 들어와."

고모의 목소리는 여전히 차분했다.

"넌 그게 중요해? 내가 너 진짜 걱정돼서 하는 소린데, 후회하고 싶지 않으면 이렇게 살지 마라, 엉?"

"나 사는 거 걱정하지 말고, 네 건강이나 잘 챙겨. 나는 네가 오래오래 잘 살았으면 좋겠어. 진심이야."

"야! 장난해? 너, 내가 늘 참고 넘어가니까 사람 우습게 보는데, 참는 데도 한계가 있어!"

아빠는 벌게진 얼굴로 현관문에 발길질을 했다. 엄마가 아빠를 붙잡고 말렸다.

“알았어요. 고모, 쉬세요. 우리 갈게요.”

“이거 놔!”

아빠는 엄마의 손을 뿌리치는 시늉을 했다. 오빠가 아빠의 팔에 매달렸다. 나는 멀뚱히 쳐다보고만 있었다.

“아빠, 그냥 가자. 우린 괜찮아. 찜질방 가면 되잖아.”

오빠가 말했다. 엄마가 오빠를 향해 부드러운 눈길을 보냈다. 나를 향한 엄마의 시선에는 의심뿐이었는데. 아빠는 오빠의 손에 이끌려 계단을 내려갔다. 엄마는 현관문 쪽을 보며 크게 한숨을 쉬었다. 나는 고모가 끝까지 문을 열어 주지 않아서 다소 충격을 받았다. 한편으로는 냉정한 고모의 대처가 마음에 들었다. 이유는 명확하다. 약속하지 않고 집을 찾아온 가족은 불청객과 다름없고 환대받기 어렵다.

나를 뺀 가족은 똘똘 뭉쳐 고모를 성토하느라 바빴다. 나는 찜질방에 와서도 혼자 삐져나온 엄지장갑처럼 따로 놀았다. 엄마는 나를 한사코 엄마 옆에 끌어다 놓았다. 애정이라곤 새끼손톱만큼도 없으면서. 그때나 지금이나 엄마가 나에게 집착하는 이유를 모르겠다.

2
눈사람을 발로 차지 마세요

이제 이유는 중요하지 않다. 이유를 찾는 것도 중단할 거다. 곧 엄마의 삐뚤어진 집착에서 벗어날 테니까. 부산역 야외 벤치에 앉아 가방에서 사과를 꺼냈다. 껍질째 사과를 우적우적 씹었다. 사과는 빠르게 심지를 드러냈다. 나는 가방에서 플라스틱 통을 꺼냈다. 원래는 견과류를 보관하던 통이었는데 사과씨를 모으는 통으로 재활용하고 있다.

"으웩, 더럽게 사과씨는 왜 모으냐? 갖다 버려라, 좀."

엄마의 아들은 진저리 치곤 했지만 나는 상관하지 않았다. 사과를 통째로 먹을 때마다 씨를 꼭 빼서 모아 뒀다. 물론 내가 먹은 사과 씨앗만 잘 말려서.

그 이유는 별거 없다. 씨앗을 잘 말리지 않으면 곰팡이가 피기 때문이다. 나는 사과 심지에서 방금 빼낸 씨앗을 휴지에 싸서 통에 담았다. 나의 괴상한 취미는 몇 번의 실패를 거쳐 드디어 한 통을 채워 간다. 사과 씨앗 통을 흔들어 보다가 가방에 집어넣었다. 여행용 가방을 끌고 가는 관광객 무리에 섞여 광안리행 버스를 탔다. 교통 카드는 찍지 않고 현금을 냈다.

경험상 현금을 써야 뒤탈이 없었기 때문이다. 이건 내 자존심의 문제이기도 하다. 엄마에게 탈출 루트를, 아니 내 흔적을 들키는 상황이 죽기보다 싫다. 아, 그 말은 취소다.

곧 죽어 버릴 생각인데 죽기보다 싫다니. 틀린 말이다. 엄마가 내 마지막 모습을 추리할 만한 단서를 남기고 싶지 않다. 가능하다면 아주 오랫동안 나의 죽음이 드러나지 않게 할 작정이었다. 그러려면 핸드폰 사용도 최소한으로 줄여야 한다.

패딩 주머니에서 핸드폰이 울렸다. 아, 버스 노선 확인하고 전원을 끈다는 걸 깜빡했다. 화면에 뜬 엄마 번호를 본 순간 숨이 막힌다.

'엄마! 그만 좀 해! 날 안 봐도 살 수 있을 것처럼 큰소리 떵떵 쳤으면서. 왜 벌써부터 나를 찾아?'

통화 거절 버튼을 눌렀다. 그러자 머릿속에서 엄마의 음성이 자동으로 재생되었다.

"그걸 몰라서 물어? 전화는 왜 안 받아? 너 도대체 왜 그래? 엄마가 뭘 그렇게 잘못했니? 핸드폰 끄고 집 나가고. 이게 뭐 하는 짓이야? 아냐, 대답하지 마. 내가 그게 궁금해서 묻는 게 아니잖아. 넌 엄마 말이면 무조건 듣기 싫지? 엄마가 시키는 대로 살면 어디 큰일 나? 엄마가 너 잘못되라고 이러는 거야? 아니잖아. 계속 네 마음 내키는 대로 살고 싶으면 집에 들어오지 말고 밖에서 살아. 집에 안 들어오면 엄마가 깨끗이 포기할게. 그래, 그러자. 딴소리하지 마. 그건 자신 없어? 왜 대답 안 해? 주연아! 엄마 말 듣고 있어?"

격앙된 목소리가 머릿속에서 미처 사그라들기도 전에 다시 핸드폰이 울렸다. 또 엄마였다. 나는 한숨을 팍 쉬고 핸드폰 전원을 껐다.

교복에 후드 집업을 걸친 여자아이들이 앞자리에 앉았다. 고등학생으로 보이는데 몇 학년일까? 내가 예정대로 학교에 다녔다면 고2였을 텐데. 나는 교복을 입은 아이들을 보면 위축된다. 괜히 쭈굴탱 된 기분, 더럽다.

나는 아이들에게서 시선을 떼고 창을 응시했다. 영화 〈해리 포터〉 시리즈에 나오는 덩치 큰 해그리드가 보인다. 차창에 비친 내 모습이다. 구불구불 폭탄 머리는 해바라기미용실 원장님의 작품이다. 미용실 원장님에게 히피 펌을 주문했으나 결과는 해그리드 닮은 꼴. 부스스함이 한층 강화되어 감당이 안 될 정도다. 10대 청소년이 아니라 내가 경험하지 못할 미래의 나, 아줌마 김주연의 모습이다.

과장이 아니다. 웃픈 기억인데, 버스 옆자리에 앉았던 할머니가 나를 향해 "아지매, 벨 좀 눌러 주이소."라고 한 적도 있다. 그때는 별로 당황하지 않고 벨을 눌러 줬었다. 하지만 만약에 교복 입은 아이들이 나를 아줌마라고 부른다면 그다음은 별로 상상하고 싶지 않다.

나처럼 학교에 다니지 않는 아이들을 뭐라고 부르더라? 문제아는 아니고, 아웃사이더도 아니고, 사회 부적응자는 진짜 아니고…… 아, 생각났다. '학교 밖 청소년'……. 누가 어떤 의도로 만든 명칭인지 몰라도 곱씹을수록 뒷맛이 구리다. 학교 밖 청소년, 어느 한 군데 나쁜 말이라곤 없는데.

"야, 저거 소미 아님?"

앞자리에 앉은 긴 머리 여자아이가 창밖을 가리켰다. 나는 슬쩍 곁눈질로 인도 쪽을 봤다. 같은 교복을 입은 여자아이의 뒷모습이 보였다. 여자아이는 구부정하게 걷고 있었다. 버스가 신호를 받고 잠시 정차했다.

"어? 맞음. 재 왜 걸어가고 있지?"

옆에 앉은 여자아이가 자기 핸드폰을 귀에 갖다 댔다. 몇 초 뒤 창밖의 아이도 핸드폰을 귀에 갖다 댔다.

"야! 뒤를 봐 봐. 우리 보여? 왼쪽으로 고개를 돌려 봐. 여기야! 여기 사십일 번 버스 탔는데 네가 길에 걸어가는 거임. 너 왜 이렇게 해맑게 걸어가냐?"

그사이에 긴 머리 여자아이가 키득거리며 창문에 핸드폰을 갖다 대고 사진을 찍었다. 신호가 바뀌고 정차했던 버스가 속력을 냈다.

"야, 야, 여기 지나가는 차, 여기! 우리는 운명인 거임."

그 찰나 버스 안팎에서 서로를 발견한 아이들이 반갑게 손 흔들며 웃었다. 부럽다. 스스럼없이 웃을 수 있는 친구를 만날 운명이라서. 고백하자면 나는 살면서 그런 운명과 마주친 적이 한 번도 없었다.

어린이집에 다닐 무렵에는 아이들 전부 다 나처럼 사는 줄 알았다. 어린이집 마치면 병원과 심리 상담 센터에서 미술 치료를 받고, 딸을 못마땅해하는 엄마에게 감시당하고, 매사에 불만이 가득한 아빠, 동생에게 무관심한 오빠와 힘겹게 살아가는 줄 알았다. 다들 나처럼 사는 게 힘들고 재미없어서 나에게 관심이 없는 줄 알았다.

초등학교 들어가서야 착각이라는 걸 깨달았다. 아이들은 나를 외면했다. 아이들 곁을 맴돌았지만 소용없었다. 나를 좋아하는 아이는 만날 수 없었다.

엄마가 지적한 대로 나는 까다롭고 사회성이 떨어지는 아이였나 보다. 엄마가 틀렸다고 증명하고 싶었는데. 어쩐지 아이들의 눈빛은 엄마가 나를 보는 눈빛과 매우 흡사했다. 아이들은 나를 불편해했다.

초등학교 3학년, 우리말 지킴이로서 활약하던 시기였다.

"주연이는 '넨네' 모르나 봐. 아, 모를 수도 있겠다. 사투리거든. 우리 할머니가 아기를 재울 때 '코코넨네' 하자, 그랬거든. 얘들아, 너흰 들어 봤지?"

그 아이는 나를 자기 친구 무리에 끼워 준 착한 아이였다.

"'넨네'는 일본 말이야. 사투리가 아니야."

나는 착한 아이에게 보탬이 되고 싶었다.

"아닌데. 우리 엄마도 내가 어릴 때 '코코넨네' 그랬어."

친구들에게 둘러싸여 있던 착한 아이의 얼굴이 빨개졌다.

"아니야. '우리말 책'에서 읽었어. 그 책 우리 집에 있거든. 내일 가져와서 보여 줄게."

그 책은 꽤 무겁지만 나는 착한 아이를 위해 기꺼이 가져올 생각이었다. 착한 아이는 딱 잘라 거절했다.

"됐어. 네가 선생님이니? 내가 언제 물어봤어? 기분 나빠."

"왜 기분 나빠? 좋은 거 아니야? 이번 기회에 몰랐던 걸 알게 되면 기쁘지 않아?"

내가 물었다.

"뭐가 기뻐? 네가 잘난 척하는데."

착한 아이는 인상을 쓰며 뒤돌아섰다. 나는 착한 아이의 무리와 멀어졌다. 그럼에도 나는 환경 보호에 눈을 떴을 시기에는 환경 지킴이로서 활약했다. 스스로 귤락이 되길 자처한 꼴이었다. 그러고 보니 '귤락' 사건도 있었다.

"급식에 귤이 나왔는데, 귤에 붙어 있는 귤락을 보고 봉사 위원 아이가 하얀 실이라고 하는 거야. 내가 아니라고, 귤락이라고 알려 줬어. 몸에 좋은 거라고 그냥 먹어도 된다고도 말해 줬어. 근데 그 애가 나보고 어이가 없대. 잘난 척하지 말라면서 날 세게 밀쳤어."

나는 귤락 사건이 터지고 며칠이 지나 엄마에게 얘기했다. 엄마는 귤을 한가득 담은 쟁반을 식탁에 탁 소리가 나게 내려놓았다. 나는 먹던 사과를 내려놓고 귤을 만지작댔다.

“그래서 너는? 가만있었어?”

엄마가 팔짱을 끼고 물었다.

“아니. 그 애한테 밀지 말라고 했어. 선생님이 그걸 본 거야. 그 애를 따로 불러서 이건 학교 폭력이고 문제가 될 수 있다고 설명해 주셨어. 난 선생님의 말씀이 맞다고 생각해. 근데 그 애가 나한테 사과하고 나서 갑자기 우는 거야. 다른 아이들이 다 나 때문이래. 오늘도 내가 잘못했다고 나보고 사과하래. 난 이해가 안 돼. 내가 잘못한 것도 없는데 왜 사과해야 해?”

엄마는 내 옆에 가까이 앉았다. 짐짓 진지한 눈빛으로 말했다.

“주연아, 네가 알고 있는 걸 다 말할 필요는 없어. 아무리 맞는 말이라도 듣기 싫을 수 있어. 걔가 너한테 귤락이 뭔지 물어본 것도 아니고. 물론 걔가 널 민 건 잘못된 행동이야. 그래서 그 아이가 사과했다며? 그럼 너도 미안하다고 해야지. 어찌 됐든 그 아이가 너 때문에 운 건 맞잖아. 엄마라면 그냥 사과하고 그 친구랑 사이좋게 지내겠다.”

엄마는 쟁반을 끌어와 귤껍질을 까기 시작했다.

“아무튼 앞으로는 너도 다른 아이들이 듣고 싶어 하는 얘기를 해 봐. 귤락이 뭔지 누가 궁금하겠어? 이건 어차피 안 먹고 떼어 버리는 부분이잖아. 맛없는 부분은 요렇게 떼어 버리고, 요 알맹

이처럼 맛있고 달콤한 얘기를 해 봐."

나는 대답하지 않고 귤을 쟁반에 내려놓았다. 생각하는 척 사과를 베어 먹었다. 엄마의 충고를 따르지 않았다. 귤락을 뭐라고 부르든 상관하지 않는 아이라면 가까워지고 싶지 않았다. 그 아이에게 나는 맛없는 귤락일 뿐이고, 어차피 안 먹고 떼어 버리는 부분일 테니까. 억지로 사과하고 싶지 않았다.

시간이 갈수록 나와 아이들은 물과 기름처럼 아주 독립적으로 동떨어지게 됐다. 괴롭힘은 없었다. 따돌림이라고 하기에도 애매하다. 어디서 읽었는데 이런 상황을 '미세 공격'이라고 부른다고 했다.

처음에는 미세한 먼지처럼 어떤 타격감도 느껴지지 않았다. 아이들의 무관심과 미묘하게 나 혼자 남게 되는 상황이 반복되면서 점차 마음이 움츠러들었다. 학년이 바뀌어도 상황은 나아지지 않았다. 너무 사소해서 일일이 말하기도 민망한 것들이 나에게 툭, 툭 부딪혀 실금을 만들었다. 그 틈으로 내상을 입은 나는 안으로 곪아 버린 달걀이었다.

"주연아, 너를 공격하는 아이와 친구가 되려고 애써 노력하지 마. 어느 정도는 네가 싸워야 할 적으로 생각하는 편이 안전해. 너를 보호하기 위해서 말이야."

고모의 말은 큰 위안이 됐다. 친구가 아니라 적이라면 차라리 마주치지 않는 게 낫다. 그러려면 나도 적들의 눈에 띄지 않는 게 좋다.

적을 피하는 방법을 궁리하다가 미처 몰랐던 재능을 발견했다. 바로 '존재감 접기' 능력.

말하자면 나는 종이접기의 고수였다. 종이 한 장만 있으면 학이든 학알이든 장미든 별이든 뭐든 접어 냈다. 심지어 내 존재감도 작게 접어 눈에 띄지 않는 구석에 숨겨 둘 수 있었다. 일종의 인기척을 내지 않는 방법이라고 할 수 있다.

존재감 접기의 가장 기본은 어떤 일이 생겨도 동요하지 않는 거다. 즉 무관심, 무표정, 무덤덤 가면을 쓰는 거다. 적이 눈앞에 있어도 아무것도 보이지도 들리지도 않는 것처럼 행동해야 한다. 이때 동상처럼 제자리에 가만히 있으면 안 된다. 움직이지 않으면 그대로 내가 노출되고 표적이 된다. 만약 교실에서 적에게 미세 공격을 받는 상황이라고 치면 담담하게 교실을 빠져나가면 된다.

적을 피하는 방법은 집에서도 적용할 수 있었다. 생존을 위협하는 적은 집에도 있으니까.

아니다. 가족을 적이라고 표현한 건 취소다. 그럼 뭐가 좋을까? 음, '스크래처'라고 바꿔 쓰면 되겠다. 가족은 서로를 할퀴며 발톱을 날카롭게 가니까.

나에게 집은 안전한 쉼터가 아니라 격투기장이었다. 바깥세상에 나가 진짜 적과 싸우기 위해서, 미리 가족을 상대로 상처를 주고받으며 생존 연습을 하는 곳이 집이었다. 그러니 집에서도 적을 피하는 방법은 통했다.

예를 들어 오빠가 엄마에게 혼이 나는 상황이라고 가정한다면, 실제로는 반대의 경우가 대부분이지만, 아무튼 나도 자식임으로 불똥을 피하기 어려운 위급한 상황이다. 이때 존재감 접기를 해 보는 거다.

첫째, 동작 금지. 뭔가를 하고 있었다면 그게 뭐가 됐든 중단한다. 사과를 먹고 있었다면 당장 먹는 것을 멈춰야 한다. 어떤 종류의 움직임이든지 소리 나는 행동은 자제한다. 시선은 사물에 고정한다. 이건 현장을 벗어나기 위한 선행 과정일 뿐이다.

둘째, 아무것도 못 본 듯 무표정한 얼굴 유지. 적들의 눈길이 다른 데로 향할 때 최대한 신속하게 방으로 피신한다. 이때 뒤에서 들리는 소음에 놀라서 뒤돌아보는 실수를 절대 해서는 안 된다. 그 순간 탈출은 물거품이 된다.

셋째, 책상 앞에 앉아 책을 펼친다. 또는 바쁘게 해야 할 일을 찾는다. 중요해 보일수록 좋다.

넷째, 위기 상황임을 인식하고 가급적 생리 현상은 인내심을 갖고 버텨야 한다. 부득이한 경우 상상력을 발휘해서 조용히 처리한다.

다섯째, 일찍 잠자리에 든다. 이불을 덮고 잠에 취한 듯 숨소리를 고르게 내면 존재감 접기 완성이다. 귀는 항상 열어 둬야 한다. 그래서 좋은 점은, 엿듣는 능력도 함께 발달한다는 거다.

적들이 난무하는 세계에서, 존재감 접기는 어느 정도 효과가 있었다. 그에 비해 부작용은 심했다. 카메라 초점 밖으로 흐릿하게 잡힌 물체처럼 나의 존재감은 나날이 희미해졌고 자신감을 잃어 갔다. 자신감이 빠진 공간에 우울한 마음이 들어앉았다.

중학교 1학년 겨울 방학이었다. 사과가 떨어져서 마트에 가던 참이었다. 아이들이 아파트 놀이터에서 눈사람을 열심히 만들고 있었다. 귀여운 만화 캐릭터와 집게로 만든 눈오리 떼가 동화 속 풍경처럼 따스했다.

사과 한 봉지를 사서 돌아오는 길에 나도 작은 눈사람을 만들었다. 시간이 제법 걸렸다. 저녁에 베란다 창문으로 놀이터를 내다보니 애써 만든 눈사람을 누군가 부수고 있었다. 고등학생인지 어른인지 분간은 되지 않았다. 나는 경고문을 만들어 놀이터에 붙였다.

눈사람을 발로 차지 마세요.
어린이들이 열심히 만든 소중한 눈사람이에요.

다음 날 놀이터에 가니 경고문이 찢겨 있었다. 내가 만든 눈사람마저 처참하게 짓밟혀 있었다. 눈사람이 아니라 내가 짓밟힌 것 같았다. 화가 치밀어 올랐다.

그런데도 놀이터를 다시 찾은 아이들은 눈사람을 새로 만들었다. 어제와 다른 점은 아이들이 집으로 돌아갈 때 각자 자기가 만든 눈사람을 무너뜨렸단 거다. 자기가 만든 소중한 눈사람이 타인의 폭력에 망가지는 꼴을 참을 수 없어서 그랬을 거다.

그때 깨달았다. 나는 밖에 있는 눈사람과 다를 바 없다고. 적을 피하는 방법으로는 눈사람을 보호할 수 없다고. 그러니까 고통은 피할 수 없다고.

운이 나쁘면 친구든 가족이든 혹은 적이든 누군가는 나를 향해 발차기를 날릴 테고. 그럼 눈사람인 나는 처참하게 짓밟혀 아주 고통스럽게 사라질 테지만. 그게 운명이라면, 누가 니 킥을 날릴 때까지 얌전히 기다리지 말자고.

내가 나를, 다른 사람 손에 망가뜨리게 두지 않겠다고. 그 전에 내가 나를, 눈사람을 온전히 무너뜨려야겠다고 다짐했다.

3
오래 살았는갑다

버스에서 내리니 벌써 해가 뉘엿뉘엿 지고 있었다. 광안리는 외사촌들과 어울려 몇 번 와 본 곳이라서 길을 찾기 어렵지 않았다. 게다가 내가 내린 정류장은 바닷가와 5분 거리였다.

해안 도로에 차량이 길게 늘어섰다. 상가 건물마다 여행객들과 외국인들이 기웃거렸다. 성급한 조명들은 사람들의 발걸음을 붙잡으려고 애를 썼다. 그럼에도 수평선을 가로지르는 광안 대교가 가장 먼저 눈에 들어왔다.

광안 대교는 하얗게(코럴색이 약간 가미된 핑크빛에 더 가까웠지만) 빛났다. 다리는 두 개의 탑을 연결하는 케이블이 반원 모양으로 휘어진 형태였는데 오늘따라 체셔 고양이처럼 보였다. 가지런한 이빨을 씩 드러내고 있는.

평일인데도 해변에는 사람들이 넘쳐 났다. 먹이를 발견한 개미 떼처럼 거의 비슷한 속도로 움직였다. 이 사람들은 다 어디서 온 것일까? 인구가 줄었다는 말은 과장일지도 모른다.

화단 옆 의자에 앉아 운동화와 양말을 벗고 바지를 무릎까지 돌돌 말아 올렸다. 발목까지만 바닷물에 담가 볼 생각이었다. 운동화를 손에 들고서 모래를 밟았다. 한낮의 온기를 머금은 모래는 따듯했다. 고슬고슬 잘 마른 모래에 발이 푹푹 들어갔다. 모래장난을 치던 한 무리의 사람들이 누군가 애써 만든 모래 탑을 발로 찼다. 문득 놀이터 눈사람 습격 사건이 떠올랐다. 나는 모래탑을 보며 속으로 말했다.

'바다에 뛰어들지 그랬어. 저 사람들이 무너뜨리기 전에 떠났으면 고통스럽지 않았을 텐데.'

물가 근처에 사진을 찍는 사람들이 너무 많아 뒷걸음질 쳤다. 셀카도 못 찍는 똥손 주제에 얼쩡거리다가 사진을 찍어 달라는 부탁을 받게 되면 어쩌지 싶었다. 하! 내가 괜한 걱정을 했다. 그동안 갈고닦은 나의 존재감 접기 실력이 얼만데. 엄마만 아니면 나를 상대할 사람이 없다.

"저기, 사진 좀 찍어 주세요."

어떤 커플이 다가와 사진을 찍어 달라고 부탁했다. 당황스러웠다. 존재감 없는 내가 어떻게 눈에 띄었을까? 운동화를 발치에 내려놓고 남자가 건네는 핸드폰을 받았다.

캐주얼한 정장 차림의 두 남녀는 광안 대교를 배경 삼아 어정쩡하게 서 있었다. 단정하게 머리를 묶은 여자는 대학생 같았다. 그래도 왠지 바짝 마른 남자보다 몇 살 위일 것 같았다. 사진을 두어 장 찍고 남자에게 핸드폰을 건넸다. 남자는 사진을 확인하지 않고 고맙다고 했다. 뒤이어 여자가 어깨에 멘 에코 백을 생명줄처럼 두 손으로 꽉 붙들고 다가왔다.

“저기, 학생. 대학생 맞죠?”

여자는 엷은 미소를 지었다.

“예? 아니에요.”

나보고 대학생? 인상을 찌푸리며 머리카락을 뒤로 넘기는데 엉킨 머리칼에 손가락이 걸렸다. 아, 모자를 썼어야 했는데. 잠깐 잊고 있었다. 뻥튀기된 해그리드 머리를. 덕분에 나이도 뻥튀기되고 잠재되었던 존재감도 빵 터졌나 보다.

“아, 대학교 졸업했어요? 그럼 취준생?”

남자가 물었다.

“아뇨, 그냥 공부해요.”

대충 대답을 얼버무리고 자리를 뜨려는데 바닥에 뒀던 운동화가 보이지 않았다. 운동화는 남자의 손에 들려 있었다. 느낌이 싸했다. 내가 손을 뻗자 남자는 슬며시 뒷짐을 지며 여자를 쳐다보았다.

"아, 재수생. 공부하느라 힘들죠? 곧 수능일인데 컨디션 조절 잘하세요. 근데 아가씨 인상이 참 좋아요. 눈빛도 선하고. 내년에는 좋은 결과가 있을 거예요. 아뇨, 빈말이 아니에요. 우리는 취미로 주역을 공부하는 사람들인데……. 쉽게 말하면 사주와 관상을 볼 줄 알거든요. 아까 사진 찍어 줄 때 아가씨 관상을 보니까 조금 걱정스러운 부분이 있더라고요. 다 좋은데 집안이 좀 시끄럽겠더라고요. 집안에 우환이 있으면, 열심히 공부해도 운이 따라 주지 않는 경우가 있거든요. 그럼 준비하던 일이나 시험에 떨어지게 되고……."

여자의 입에서 '도를 아십니까' 전용 멘트가 흘러나오자, 귀를 닫았다. 사주나 관상을 봐 주겠다는 미끼로 꼬여 내서는 제사비 명목으로 돈을 뜯어낸다던 사이비 종교의 사기 수법.

근데 해변에서 도를 아십니까? 너무 어울리지 않았다. 실험 카메라 찍는 유튜버라면 몰라도 사이비 종교 영업을 이런 해변에서 할까?

나는 주변에 촬영하는 사람이 있는지, 두 사람이 숨긴 카메라가 있는지 계속 주위를 힐끔거렸다. 이 와중에도 제 역할을 충실히 수행하는 뇌는 '리베라키마' 선생님의 기억을 집요하게 일깨웠다.

리베라키마는 중학교 3학년 때 담임 선생님의 별명이다. 담당 교과는 국어였는데 "어렵게 배운 국어를 구걸하는 데 쓰지 말자."라는 농담을 자주 했다.

리베라키마 선생님의 수업에는 철학자의 명언이 빠지지 않았다. 그 대부분은 "마키아벨리는 이런 말을 했죠."로 시작할 때가 많았다. 자연스럽게 담임 선생님의 별명은 '마키아벨리'가 됐고 이후 별명을 거꾸로 부르는 변천 과정과 소소한 음운 변화를 겪은 끝에 '리베라키마'로 정착했다.

"철학자 마키아벨리는 이런 말을 했죠. '완벽한 선을 추구하지 말고 악해지는 법도 배워야 한다. 모든 면에서 완벽한 선을 추구하는 사람은 악한 사람들 속에서 파멸하기 쉽기 때문이다.'"

리베라키마 선생님의 눈에 우리는 착하디착한 어린 양 떼였다. 당신의 순진한 어린 양들이 세상에 나가 악한 무리에게 파괴되고 희생될까 늘 걱정했다.

"얘들아! 스무 살이 되면 어른처럼 막 하고 싶은 거 다 할 것 같죠? 그런데 그때부터 고난 시작입니다. 스무 살, 성인이 되면 사회는 나를 더 이상 보호해 주지 않거든요. 어른이니까. 당연히 스스로 보호할 수 있으리라 믿어요. 그런데 나이를 먹는다고 저절로 어른이 되고 갑자기 없던 힘이 생기는 게 아니죠. 그럼 어떻게 해야 할까요? 자신을 스스로 지켜 낼 수 있게 열심히 체력을 길러야 하겠죠. 그리고 여기 머리, 심장, 단단히 채워야겠죠. 그러려면 책을 읽고 적을 알고 나를 알아야겠죠. 아는 것은 뭐다? 바로 국어의 힘이다."

리베라키마 선생님은 종종 사회악에 대해 경고하곤 했다. 어린 양 떼가 악당을 감별하는 능력을 키우길 바라서였다. 리베라키마 선생님은 사춘기 아이들이 첫사랑 얘기를 해 달라고 조를 때면 어린 양 떼를 위한 특별 안전 교육을 실시했다.

"얘들아! '첫사랑', 이 단어에서 가장 조심해야 할 글자가 뭘까? 바로 '사' 자예요. '첫사랑'이든 그냥 '사랑'이든 다 똑같아요. 선생님은 여기에 적힌 '사'를 '죽을 사' 자로 바꿔 생각합니다. 여기에 잘못 걸리면 내가 죽을 수 있으니까. 일단 '사'가 들어가는 말은 조심해서 나쁠 게 없겠죠. 사건, 사고, 사인. 특히 사인은 정말 주의해야 합니다. 설문 조사든 동의서든 아무 데나 함부로 사인하면 진짜 안 돼요. 또 뭐가 있을까? 사이코패스, 사기꾼, 사이비. 아, 의사? 의사도 그렇……겠죠? 병을 고쳐 주는 의사도 좋은 의사를 만나야지, 잘못 만나면 고생하겠죠. 그건 어떤 사람을 만나도 마찬가지겠죠. 자! 그럼 어떤 사람을 경계해야 하냐면……."

리베라키마 선생님의 조기 교육 덕분에 나는 비교적 빨리 사이비와 사기꾼의 사기 수법을 꿰게 되었다. 리베라키마 선생님에게 두고두고 감사하다. 한편으로는 미안한 마음도 있다.

리베라키마 선생님이 출산 휴가로 학교에 나오지 않을 무렵이었다. 나는 여름 방학이 끝나고 학교로 돌아가지 않았다. 뒤늦게 소식을 들은 선생님은 나에게 여러 번 연락했다.

나는 다정한 문자 메시지에도 답을 하지 않고 전화번호를 바꿨다. 선생님이 싫어서가 아니었다. 갑작스럽게 맞닥뜨리게 된 아빠의 죽음 때문이었다. 귤락 같은 내 생애가 슬픔과 씨름하느라 정신없이 바빴기 때문이었다. 아무래도 바쁘면 인간관계에 소홀해질 수밖에 없었다.

"또는 가족이 아프거나 할 수 있어요. 혹시 가족 중에 근래 돌아가신 분 계시지 않아요?"

여자가 던진 뭉뚝한 질문에 급소를 맞았다.

"아, 있으시구나. 누구예요? 혹시 아버지세요?"

언짢았다. 사이비에게, 가짜에게, 진실을 말하기 싫었다. 눈알을 굴려 빠져나갈 구멍을 찾았다. 리베라키마 선생님의 가르침을 떠올렸다. 명상의 시간에 들었던 성우의 음성처럼 리베라키마 선생님의 목소리가 낭랑하게 울려 퍼졌다.

"노코멘트! 사기꾼과 말을 섞지 않는 게 최선이에요. '학생, 여기 스티커만 붙이고 가요.', '좋은 데 기부하는 거예요. 서명 부탁해요.', '간단한 설문 조사예요.', '타로 카드 봐 줄까요?', '이건 불법 다단계와 달라요. 좋은 물건을 판매하니까요. 쉽게 돈 벌고 싶지 않아요?', '집에 우환이 있지요? 제가 관상이나 손금을 봐 줄게요.' 혼자 있을 때 이런 식으로 접근하는 사람이 있다면 귀를 닫고 얼른 자리를 피해야겠죠? 만약에 사기꾼을 못 피하는 상황이라면 행동 요령은 초지일관 무관심. 대답은 '아니요.', 알겠죠? 잘 외웁시다."

아! 무관심을 깜빡했다. 이 간단한 것도 외우지 않으면 잊는구나. 변명을 하자면 장기간 복용했던 약 때문에 기억력이 현저하게 떨어진 탓도 있었다.

"아니요. 다 틀렸어요. 운동화나 돌려줘요."

나는 목소리를 높였다. 남자는 딴청을 피우며 얘기를 조금 더 들어 보라고 했다.

"도움이 될 거예요. 여기서 이럴 게 아니라 어디 카페에 가서 얘기를…….”

“아니요. 싫은데요. 나한테 돈 뜯으려는 거 맞죠?”

나는 전원이 꺼진 핸드폰으로 두 사람을 촬영하는 척했다. 여자와 남자는 주변을 의식하면서 황급히 마스크를 꺼내 썼다.

“왜 이래요? 왜 찍어요?”

여자가 따지듯 물었다. 남자가 기분 나쁜 듯 소리를 질렀다.

“저기요! 동영상 촬영하지 마세요!”

“아니요. 대답부터 하세요. 도를 아십니까 맞죠? 나한테 돈 뜯으려고 한 거 맞죠?”

“무슨 소리예요? 빨리 동영상 지워요!”

남자가 성큼 다가와 손을 뻗었다. 나는 재빨리 뒤로 물러나 주변을 살폈다. 멀지 않은 곳의 호기심 어린 시선들과 마주쳤다. 다행이다. 삼삼오오 무리를 지어 바다를 보던 사람들도 일제히 시선을 보탰다. 다들 고마웠다. 지켜보고 있어서.

든든한 배경을 얻은 나는 자신감이 생겼다. 충분했다.

“아니요. 내 마음이에요. 떳떳하면 내가 SNS에 올리든 말든 상관없잖아요.”

내가 말했다. 남자가 목소리를 낮추어 말했다.

“저기요, 동의하지 않은 촬영은 불법인 거 몰라요? 초상권 침해…….”

나는 남자의 말을 잘랐다.

“아니요. 틀렸어요. 증거를 남기는 거예요. 나 속이려고 한 거 맞죠? 가족도 알아요? 이러는 거 부모님도 아세요?”

“저기요, 왜 사람 말을 끝까지 들어 보지도 않고 함부로 지껄이세요? 또라이세요?”

남자의 목소리가 커졌다. 나도 지지 않고 목소리를 높였다.

“아니요. 또라이는 남의 운동화를 훔쳐 간 사람이 또라이죠.”

“하! 기가 막혀서……. 그냥 가요. 자기 팔자 자기가 꼬든 말든 상관하지 말자고요.”

여자가 남자의 손에서 운동화를 낚아채 모랫바닥에 던졌다. 그러고는 몸을 홱 돌려 해변 도로 쪽으로 빠르게 걸어갔다. 주춤거리던 남자는 눈을 부라리며 말했다.

“저기요, 후회하기 싫으면 동영상 지워요.”

“아니요. 후회하지 않을 건데요.”

내 말에 남자는 바닥에 떨어진 운동화를 냅다 걷어찼다. 운동화는 모래밭에 박혔다. 약이 오른 남자는 운동화 한 짝을 주워 들어 물가로 힘껏 던졌다. 운동화는 멀리 못 갔다. 어떤 아저씨의 둥근 배를 정통으로 맞히고 떨어졌다. 일행으로 보이는 아줌마가

"엄마야!" 과장된 소리를 질렀다. 두 사람은 진분홍색 운동복을 입어서 한 쌍의 플라밍고, 즉 격분한 홍학 같았다. 남자는 당황한 듯 주춤거리다가 그대로 도망쳤다.

"이봐요! 어이, 거기 사과 안 해?"

진분홍색 운동복을 입은 아저씨는 들고 있던 외투를 내던지고 남자의 뒤를 쫓았다. 내 운동화를 바통처럼 말아 쥐고서.

남자는 앞서가던 여자의 손을 붙잡고 황급히 달아났다. 세 사람은 모래밭을 벗어나자 빠른 속도로 시야에서 사라졌다. 불청객이 퇴장하자 사람들은 아무 일 없었다는 듯 느긋하게 바다를 응시했다.

나는 뭘 해야 할지 몰랐다. 맨발로 운동화의 행방을 쫓기도 애매하고 그렇다고 한자리에서 꼼짝하지 않고 기다리는 것도 내키지 않았다. 잠깐 머뭇거리다 모래밭에 박힌 운동화를 주워 들어 털었다. 멀찍이서 홍학 아줌마가 나를 불렀다.

"학생! 여기 앉아서 기다려요."

홍학 아줌마는 백사장 벤치를 가리켰다. 아담한 노란색 벤치는 나와 홍학 아줌마가 앉으니 꽉 찼다. 사이가 너무 가까워서 최대한 가장자리에 붙었다. 홍학 아줌마는 홍학 아저씨의 외투를 탈탈 털었다.

"아유, 왜 남의 신발을 가져가서는……. 그 신발 학생 거 맞죠? 금방 올 거예요. 우리 아저씨가 덩치는 산만 해도 달리기 선수거든요. 근데 아까 그 사람들 아는 사람이에요?"

홍학 아줌마가 물었다. 나는 아니라고 대답하고 간단히 상황을 설명했다.

"아이고, 학생 참 똑똑하다. 살다 보니 이런 일이 다 있다, 그죠? 옛날 어르신들은 이럴 때, 내가 오래 살아서 별일을 다 겪는다고 하던데. 다 복 받은 거죠. 살아 있으니까 이런 사람 저런 사람 만나는 거잖아요? 맞잖아요?"

홍학 아줌마가 나직이 웃으며 덧붙였다.

"학생도 오래 살았는갑다."

홍학 아줌마는 나에게 뭔가 더 물어보고 싶은 눈치였다. 나는 신중하게 침묵했다.

엄마라면 상대방을 배려하지 않는 태도라며 혀를 찼을 거다. 추위를 타는 엄마는 싸늘한 침묵을 견디지 못했다.

조명이 켜진 광안 대교 밑으로 요트가 하나, 둘 나타나 열 대가 되도록 홍학 아저씨는 돌아오지 않았다. 요트에서 폭죽이 터지기 시작했다. 손톱만 한 크기의 불꽃이 노란 민들레처럼 활짝 폈다가 사라지기를 반복했다. 홍학 아줌마가 말했다.

"요즘은 요트에서 프러포즈하는 게 유행인가? 날마다 저래 폭죽을 터트리더라고요. 예쁘다, 그죠?"

나는 살짝 고개를 끄덕였지만, 솔직히 예쁜지 모르겠다고 대답하고 싶었다. '예쁘다'는 말에 동의하려면 확인이 필요하기 때문이다. 고모가 그랬다. 상대방의 의견에 덮어놓고 무조건 동의하는 것은 나쁜 습관이라고.

"내가 직접 확인하지 않고 동의하는 건 거짓이야. 뭐든 내가 정확하게 확인하지 않은 것은 모른다고 말해야 정직한 태도야."

고모라면 불꽃이 정말 예쁜지 가까이서 본 적이 없어서 모르겠다고 정확하게 답했을 것이다. 그럼 엄마는 차가워진 손을 비비며 한숨을 쉬었을 거다.

"고모! 상대방 기분도 좀 생각해 줘요. 그냥 스몰토크잖아요. 인사말 같은 거라고요. 누가 '안녕하세요?' 인사하면, 나도 '예, 안녕하세요?' 가볍게 맞장구쳐 주고 서로 웃어 주면 좋잖아요. 거기서 '난 동의하지 않겠습니다.', '안녕한지 몰라서요. 인사를 하지 않겠습니다.' 하면 그게 과연 친절한 태도겠어요? 아니요. 난 친절함이 빠진 정직은 폭력과 다름없다고 봐요."

엄마의 실체를 알지 못했다면 나는 엄마의 주장에 설득당했을지도 모른다.

붉은색과 보라색이 뒤섞인 노을이 하늘을 물들였다. 벤치 앞으로 노신사 두 명이 지나가며 말했다.

"요즘 다섯 시만 돼도 어두워요."

"그러게요. 해가 빨리 지니까 금방 어둡지요."

"맞아요. 금방 어두워요."

'어둡다'는 표현은 틀렸다. 두 사람은 가볍게 웃었던 것 같다. 사실 여부는 중요하지 않았던 것 같다. 그게 중요하지 않아서 웃음을 나눌 수 있나 보다.

나는 사실을 확인하는 게 더 중요해서 웃을 수 없나 보다. 폭죽을 다 터트린 요트는 노신사들처럼 유유히 사라졌다. 남아 있던 요트들은 순차적으로 폭죽을 터트렸다. 네 번째 요트에서 폭죽이 터졌을 때 홍학 아저씨가 숨을 헉헉대며 나타났다.

"뭐 하다 이제 왔어요? 한참 동안 기다렸구먼. 신발 던진 총각은 잡았어요?"

홍학 아줌마가 물었다.

"응, 잡았지. 잡고 보니 어리더라고. 둘 다 스물너덧 살 됐나? 그 이상한 사이비 종교 같은 데 빠져서 집을 나왔나 봐. 안됐더라고. 저기 버거집 가서 뭣 좀 멕이느라 늦었지."

"당신도 참, 못 말리겠다. 사기꾼한테 밥 사 먹일 생각은 하면서 내가 걱정할 생각은 안 해요?"

"이 사람아, 걱정했으니까 달려왔지. 이거 학생 거 맞지? 미안해. 내가 신발 주인을 헷갈렸네."

홍학 아저씨는 운동화를 돌려주고 바닥에 털썩 주저앉았다. 나는 벌떡 일어나 인사를 꾸벅 하고 도로 의자에 앉았다. 발에 묻은 모래를 대충 털고 운동화를 신었다. 돌돌 말았던 바짓단을 내리는데 홍학 아저씨의 숨소리가 이상했다.

"허, 왜 이러지? 여보, 숨이 안 쉬어진다."

홍학 아저씨는 인상을 일그러뜨리며 왼쪽 가슴을 움켜쥐었다. 그러고는 맥없이 앞으로 픽 꼬꾸라졌다.

"엄마야!"

홍학 아줌마가 비명을 질렀다. 나는 급히 가방과 패딩을 벗어던지고 홍학 아저씨의 몸을 바로 눕혔다. 그러면서 잠깐 생각했다. 왜 사람은 놀라면 엄마부터 찾을까 하고.

4
불편한 행복

엄마는 '행복이(나의 태명이다)'를 만나기 전까지 순탄한 삶을 살았다.

엄마는 부모의 보살핌을 받으며 온실 속 호랑이처럼 자랐다. 큰 어려움을 몰랐기에 자신감이 넘쳐 났다. 아빠와 달리 성격도 밝고 오래 사귄 친구도 많았다.

대학을 졸업하고 고향인 부산을 떠나 서울에서 직장을 구했다. 스물아홉의 엄마는 굉장히 바빴다. 회사를 이직했고, 서른셋의 아빠를 만났고, 짧은 연애 후 퇴사했고, 그해 가을에 결혼했고, 당장 집을 구할 수 없어서 시댁에 들어갔다.

이듬해 봄, 엄마는 '건강이'를 낳았다. 오빠는 태명대로 건강하고 순한 아기였다. 잘 울기도 했지만 잘 먹고, 잘 자고, 잘 웃기도 했다. 오빠의 탄생을 온 가족이 기뻐했다. 엄마와 아빠의 사랑을 듬뿍 받았다.

그다음 해 겨울, 둘째 '행복이'가 태어났다. 육아에 지쳐 있던 엄마에게 행복이는 너무 빨리 찾아왔다. 젊은 엄마가 생각하기에 행복이는 상당히 까탈스러운 아기였다. 육아 난이도 최상이었다. 아들 키울 때보다 몇 배는 힘들었다.

행복이는 잠투정이 심했고, 배고프거나 목욕물 온도가 안 맞거나 기저귀를 조금만 늦게 갈아도 곧 숨이 끊어질 것같이 울었다. 아기가 우는 것은 당연하지만 행복이는 정상 범위를 넘어섰다. 행복이는 대부분 아무 이유 없이 온몸이 시뻘겋게 달아오를 정도로 빽빽 울었다. 어찌나 많이 우는지 젖 먹던 힘을 모두 우는 데 써서 늘 탈진 상태였다.

당연히 살이 찔 턱이 없었다. 작은 소리에도 예민해서 행복이가 잘 때는 웬만한 가전제품은 사용할 엄두도 못 냈다. 시계뿐 아니라 장난감도 건전지를 빼 놔야 했다.

엄마는 3.3킬로그램 행복이를 감당하기 힘들었다. 더구나 행복이는 엄마를 좋아하지 않았다. 물론 엄마의 주장이다.

행복이는 배고프거나 기저귀를 갈거나 하는 등 불편한 문제가 해결되면 더 이상 엄마를 찾지 않았다. 자신의 요구 사항이 충족되면 행복이는 엄마가 없어도 울지 않았다.

그 점이 엄마의 불안을 자극했다. 행복이는 아픈 아긴데 내가 방치하고 있는 거면 어쩌지?

엄마는 불안이 느껴질 때마다 의심스러운 단어를 검색했다. 뇌 손상, 비정상, 이상 징후, 장애, 발달 장애, 자폐 스펙트럼……. 한 무더기로 쏟아진 병명들은 행복이의 모든 증상과 비슷했다.

고모는 엄마와 아빠가 느끼는 불안에 공감하지 않았다. 감정은 비이성적이니까.

고모는 객관적인 자료를 내밀며 어린 행복이가 지극히 건강하다는 의견을 보탰다. 아이의 성장과 발달에는 개인 차이가 있으니, 조카들을 서로 비교하지 말라고 했다.

결혼을 하거나 아이를 낳아 본 적 없는 고모의 조언이 엄마와 아빠에게 통할 리 없었다. 엄마는 가뜩이나 못마땅한 시누이가 어쭙잖게 참견하는 게 아니꼬웠다.

엄마는 행복이를 데리고 병원을 여러 군데 옮겨 다녔다. 그러나 행복이의 병명을 알 수 있을 거라는 기대는 무너졌다. 만나는 의사마다 행복이는 기질적으로 예민한 아기일 뿐 아픈 아기가 아니라고 했다. 엄마는 자신이 틀렸다는 걸 믿을 수 없어서 화가 났다.

화가 나서 행복이를 행복이라고 부르지 않았다. 그래서 행복이는 비로소 '김주연'이라는 이름으로 불리게 되었다.

엄마는 여전히 오빠를 기준으로 나를 평가했다. 조금 더 자라 울음 떼는 사라졌어도 나는 여전히 예민한 아이였다. 오빠와 달리 나는 잘 웃지 않았고 개미나 벌레를 쾅쾅 밟아 죽였고 강아지, 고양이, 참새한테 돌을 던졌다. 특히 낯선 자극을 받으면 바로 공격성을 보였다.

낯선 물건이 눈앞에 보이면 두 손을 고양이 앞발처럼 쳐들어 때리고 던지며 속성을 파악했다. 손에 직접 닿는 느낌을 무척 싫어해서 블록 조각이나 장난감을 들고 오빠의 머리를 내리치곤 했다.

엄마는 불안에 휩싸였다. 내가 언젠가 사람을 공격할 거라고 확신했다. 아빠는 엄마의 의견에 의존했다. 부모를 사랑한다는 증거가 철철 넘쳐 나는 오빠를 사랑하긴 쉬웠지만 나는 어려운 숙제였으니까.

자연스럽게 나는 가족과 멀어지고 고모와 가까워졌다. 그렇다고 해서 고모와 내가 스스럼없이 웃을 정도로 친밀한 사이는 아니었다. 대신에 스스럼없이 침묵해도 이해하는 사이로 발전했다. 고모는 나의 공격성을 공포로 이해했다. 고모는 내가 두려움을 느끼는 대상에 관해 설명해 주고 동물이나 사람에게 물건을 던지면 안 되는 이유를 알려 주었다.

고모와 같이 있을 때 나는 평범한 아이가 된 기분을 느꼈다. 우리 식구만 따로 나와 살기 시작했을 때도 고모는 나를 찾아왔다. 고모가 쉬는 날에는 단둘이 외출도 했다.

미술관이나 박물관에 가고 가끔 서점에 들러 읽을 만한 책을 골랐다. 클래식 음악이 나오는 조용한 카페에도 갔다. 나는 책을 읽고 고모는 노트북을 들여다보곤 했다. 속 깊은 얘기는 별로 하지 않았다. 그래도 꼭 필요한 대화는 나누었다. 예를 들어 이런 대화.

"주연아, 학교에 다니는 건 어때? 견딜 만해?"

"똑같죠. 힘들고, 자퇴하고 싶고……."

나는 멍한 표정으로 말끝을 흐렸다. 어처구니없는 소문 때문에 힘들 때였다.

엄마가 해외 직구로 구매한 우울증약을 비타민제라고 속였는데 나는 그것도 모르고 비타민제 복용량을 점점 늘렸다. 버스 정류장에서 정신을 잃고 쓰러져 병원에 실려 갔었다.

학교에는 내가 약을 먹고 자살 시도를 했다는 소문이 돌았다. 중3 올라가자마자 생긴 일이었다. 담임인 리베라키마 선생님이 중재했지만 소용없었다. 억울했다. 줄곧 죽고 싶다고 생각은 했었지만 이건 내가 의도한 상황이 아니었다.

사실과 다른 소문 때문에 학교생활이 엉망진창 된 것은 그때가 두 번째였다. 더구나 이번에도 내가 심리 상담 치료를 받는다는 내용이 알려지면서 상황은 더 나빠졌다.

"왜 엄마 아빠는 반대만 하는지 모르겠어요. 내 인생인데."

나는 접시에 놓인 케이크를 포크로 푹푹 찔러 댔다. 엄마 아빠가 원망스러웠다. 매번 내가 겪고 있는 고통을 일부러 모르는 척하는 것 같았다.

"그런데 주연아, 고등학교라면 몰라도 중학교는 자퇴가 안 될 텐데."

고모는 노트북을 덮고 턱을 괴었다. 나는 포크를 얌전히 내려놓고 말했다.

"알아요. 내가 엄마 아빠라면…… 지금 당장 자퇴가 안 되더라도 어떻게든 다른 방법을 찾을 거예요. 자식을 돕기 위해서요."

"음, 고모는 자식이 없지만 네 엄마 아빠 입장이 조금은 이해가 돼. 부모는 자식을 보호하고 책임져야 할 의무가 있잖아. 신중할 수밖에 없을 거야."

"고모는 내가 학교에 계속 다녔으면 좋겠어요?"

"아니. 그런데 이 문제는 고모가 아니라, 너랑 엄마 아빠의 의견이 중요해. 고모가 너라면 부모님과 의견이 맞지 않더라도 계속 얘기해 볼 거야. 고모는 옆에서 지켜볼게. 힘이 빠지면 언제든지 연락해. 달달한 케이크로 당 충전해 줄게."

고모의 조언대로 나는 포기하지 않고 엄마 아빠와 얘기를 나눴다. 특히 아빠를 공략해 내 상황을 알렸다. 대화는 좀처럼 진전이 없었는데 결국 2학기부터 등교를 하지 않는 거로 가닥을 잡았다. 그즈음 고모가 아빠에게 목돈을 빌려준 일이 있었는데 그게 어떤 영향을 주지 않았나 의심했다.

학교는 고등학생인 오빠가 먼저 관두었다. 오빠는 학교생활에 딱히 불만은 없었지만 나와 공평한 환경을 원했다. 엄마는 오빠의 요구를 즉각 수용했다.

지루한 장마가 끝나고 엄마는 오빠만 데리고 외가가 있는 부산으로 내려갔다. 미리 세워 뒀던 계획처럼.

5
심폐 소생술이 필요할 때

집이 갑자기 넓어졌다. 탁 트인 고요가 찾아왔다. 풀풀 날리던 먼지가 가라앉은 듯 평화로웠다. 엄마와 오빠가 빠져나간 빈 자리만큼 팽팽한 긴장감도 달아났다. 파이터가 절반으로 줄자 집은 격투기장 역할을 내려놓았다.

이대로라면 귤락 같은 인생, 떼어 버리지 않아도 될 것 같았다. 잠깐이었지만 내가 눈사람을 무너뜨리지 않고도 살아갈 희망이 보였다.

엄마가 이혼 서류를 보내왔다. 엄마는 이혼 사유에 '화합할 수 없는 성격 차이'를 언급했다. 아빠는 다 돈 때문이라고 말했다. 아빠는 이혼을 거부했다. 예상한 일이었다. 아빠의 분노는 대부분 가족에 대한 책임에서 비롯됐지만 동시에 가족의 존재는 아빠에게 안정감과 자신감을 북돋아 주었다.

엄마는 변호사를 선임했다. 가뜩이나 새로 시작한 일 때문에 쉴 틈 없이 바빴던 아빠는 재판 준비를 하느라 살이 주룩주룩 빠졌다. 잠도 잘 자지 못했다. 아빠가 망가진 가정을 지키느라 애쓰는 동안 나는 고통 없이 살아갈 희망에 취해 있었다. 맞다. 욕심이었다. 뒤늦게 현실을 자각했다.

"아빠, 미안해."

새벽녘 집을 나서는 아빠에게 말했다.

"뭐가?"

아빠가 차 열쇠를 챙기며 나를 힐끔 쳐다보았다.

"그냥. 이것저것 전부 다. 내가 없었으면 엄마가 이혼을......"

"이혼 얘기 나온 건 아빠 때문이야. 아니다, 네 엄마 탓도 있지. 지금 하는 일, 아빠는 진심인데, 안 믿어 줘. 모처럼 제대로 된 일 해 보겠다는데, 옆에서 자꾸 초 치는 소리만 하고. 답답한 내 마음을 누가 알겠냐? 네 엄마도 몰라주는데."

분노가 사그라든 아빠는 지친 기색이 역력했다. 부쩍 나이 들어 보였다.

"주연아, 혹시 아빠와 지내는 게 불편하면 말해. 내가 고모한테 부탁을......"

"아니야. 아빠, 나는 괜찮아."

"그래, 힘들겠지만 잘 버텨 보자. 아빠가 우리 가족을 제자리로 돌려놓을 테니까. 아빠 믿지?"

나는 아빠의 말을 반신반의했다. 그날 출근했던 아빠는 사무실에 도착해서 쓰러졌다.

내가 연락을 받고 병원에 도착했을 때 아빠의 심장은 이미 멈춰 있었다. 그 상황이 너무나 비현실적이라 꿈을 꾸는 것 같았다. 너무나 갑작스러운 죽음이었다. 내가 아니라 아빠가 죽다니……. 죄책감을 느꼈다. 내가 미적대며 시간을 끌자 죽음이 답답해하며 나 대신에 아빠의 손을 덥석 잡아 버린 게 아닐까?

영정 사진 속 아빠는 젊었다. 괴로웠다. 아빠를 사랑하지 않는데도, 그런데도 심장이 찢어지는 고통을 느꼈다. 장례식장에 조문 온 누군가가 돌연사라고 했다. 그는 아빠와 동업하던 젊은 사장이었다. 같은 회사에서 일하던 직원들은 과로사라고 수군댔다.

"그동안 쓰러지지 않은 게 이상하지. 너무 무리하더라고. 꼭 죽으려고 기를 쓰는 사람처럼……."

구급대원이 도착할 때까지 심폐 소생을 해 줬던 젊은 직원은 고개를 가로저었다. 그냥 운이 나빴다고 했다. 구급대원과 교대했을 때만 해도 아빠의 심장은 희미하게나마 다시 뛰었기 때문에 빨리 수술만 했어도 아빠는 살았을 거라고 했다.

하필 의료 파업 중이라 병원마다 수술할 의사가 없다고 구급차를 돌려보내는 바람에, 수술 가능한 병원을 겨우 찾았을 때는 이미 골든 타임을 훌쩍 넘긴 뒤였다. 억세게 운이 나쁜 경우라고 했다. 인생은 짧다고 그랬다.

맞다. 인생은 짧다. 사람의 수명이 100살이라고 하길래 얌전히 발 도장 찍으면 100살쯤은 거뜬히 살 줄 알았다. 누구나 어렵지 않게 받을 수 있는 개근상일 줄 알았다. 그런데 아니었다. 개근상은 받기 어려운 상이었다. 누구나 받을 수 없는 상이었다.

엄마는 이혼 소송을 걸었던 '배우자'가 아니라 슬픔에 빠진 '배우'로 출연했다. 자식을 잃은 여인처럼 눈물을 토해 냈다. 이혼 재판 중임을 모르는 조문객들은 엄마를 진심으로 위로했다. 엄마는 퉁퉁 부은 눈가를 손수건으로 찍어 누르며 물었다.

"넌 아빠가 죽었는데 안 슬퍼? 어떻게 된 애가 눈물을 한 방울도 안 흘려?"

나는 장례를 치르는 동안 한 번도 울지 않았다. 슬픔을 부정하지는 않지만 눈물을 진정한 슬픔이나 애도의 기본 설정값으로 삼는 분위기는 거북했다. 만약에 아빠가 살아 돌아오는 데 조금이라도 도움이 된다면 모를까. 눈물은 오로지 자신을 위한, 자기

연민에 빠진 만족이라고 생각했다. 눈물은 이기적이다. 상대를 위한 예의는커녕 실질적인 배려도 뭣도 아니다. 나를 이상한 아이라고 손가락질해도 어쩔 수 없다. 나는 나를 위한 눈물을 용납할 수 없었다.

"슬퍼. 눈물이 안 날 정도로."

나는 대충 둘러대고 벽에 기댄 채 눈을 감았다. 어쩌면 눈물도 총량이 있는지 모른다. 내가 '행복이'였을 때 시도 때도 없이 울어서 더 이상 흘릴 눈물이 없다고 말할 걸 그랬나?

"그래, 그렇겠지."

엄마의 따가운 시선이 얼굴에 닿았다. 빤하다. 나를 뚫어져라 쳐다보며 의심하겠지.

'얜 어딘가 단단히 고장 난 아이야. 어떻게 하면 고칠 수 있을까?' 고민하겠지. 나에 대한 믿음이 없어서, 내가 엄마의 삶을 발길질하고 송두리째 무너뜨릴까 봐 걱정하면서.

아빠의 장례식이 끝나고 엄마는 친가와의 합의를 깨고 서울 집과 아빠의 재산을 빠르게 처분했다. 나는 엄마에게 실망했다. 이건 법을 떠나 기본적인 양심의 문제다.

"그쪽 사람들이 양심이 있다면 나한테 돈 달란 얘기 못 해. 도의적인 책임? 그걸 왜 나만 져야 하니? 그쪽 사람들은 뭘 책임질

건데? 그 사람들이 엄마를 책임진대, 너흴 책임진대? 아니, 절대 그럴 사람들이 아니야."

"어쨌든 엄마는 아빠랑 헤어질 생각이었잖아."

"그래서 뭐? 엄마 아빠는 이혼 소송 중이었지, 이혼하지 않았어. 누가 뭐래도 엄마가 법적 배우자야. 우선순위는 나라고."

나는 법적 보호자인 엄마와 부산에서 살게 되었다. 우리는 아빠를 잃은 슬픔과 맞서 싸우다가 점점 칼날을 서로에게 겨누기 시작했다. 사정없이 찌르고, 상처를 헤집고, 도려내고……. 그게 엄마와 내가 슬픔을 처리하는 방식이었다.

슬픔이 잠잠해지자 나는 온종일 침대에 누워 핸드폰만 들여다보았다. 그런데도 불면증 때문에 수면이 부족했다. 어느 날은 눈꺼풀이 실룩거리기 시작하더니 아예 탭 댄스를 췄다.

눈꺼풀 떨림 증상은 정말 심각했다. 보통 한 달이면 증상이 저절로 없어진다고 해서 기다렸지만 3개월간 지속됐다. 증상의 원인은 대체로 영양 불균형, 마그네슘이나 칼륨 부족과 스트레스를 꼽는다. 내 경우는 스트레스가 100퍼센트였다. 방 안에 틀어박혀 인터넷에서 얻은 정보들이었다.

"속상해 죽겠어. 주연이가 얼마나 살쪘는지 언니가 몰라서 그래. 귀엽긴 뭐가 귀여워? 사람이 아니라 돼지라면 귀엽긴 하겠

네. 돼지라면 팔기라도 하지."

엄마가 이모와 통화하는 소리를 우연히 들었다. 역시 엿듣는 말은 좋은 소리일 리 없다. 화는 나지 않았다. 나는 더 심한 말을 속으로 하니까.

그보다는 엄마의 요구가 불쾌했다. 엄마는 내가 규칙적인 생활을 하길 원했다. 뭐라도 좋으니 목적을 갖고 살길 바랐다. 엄마의 착실한 아들처럼 직업 전문학교에 다니길 원했다. 치열한 공방 끝에 나는 중고등 검정고시를 치르는 것으로 엄마와 타협을 봤다.

내가 검정고시에 무난하게 합격하자 엄마는 입시 카드를 만지작거렸다.

"입시 학원 등록하는 게 어때서? 엄마가 당장 대학에 가라는 얘기가 아니잖아."

"그러니까 그걸 왜 엄마가 정하려고 해? 내가 싫다고 계속 말했잖아. 나는 자유가 없어? 엄마가 명령하면 무조건 따라야 해? 내 의견도 없이?"

"하, 피곤하다. 자꾸 엄마 말을 꼬아서 듣고, 꼬투리만 잡으려고 하고. 아, 정말 힘들다. 네가 너무 예민하게 구니까 내가 무슨 말을 꺼내기가 겁나."

엄마는 엄마의 의견과 다르면 내 의도를 손쉽게 왜곡해 버린다. 내가 나를 신뢰하지 않게 만들어 버린다.

"나도 알아, 내가 예민한 거. 아는데, 나도 일부러 예민하게 구는 게 아니야. 엄마가 나를 이해해 주면 안 돼? 엄마는 엄마면서 왜 딸인 내가 엄마를 이해하길 바라? 엄마도 힘든 거 알아. 근데 나도 죽을 만큼 힘들어."

"또 죽겠다고 협박하는 거야? 조심해. 너, 그거 정말 나쁜 버릇이야."

아차, 죽음에 대해서는 언급하지 말았어야 했는데. 괜찮다. 엄마는 며칠이 지나면 불쾌한 기억을 상냥하게 지우겠지. 그건 그것 나름대로 안심할 수 없다. 엄마는 또다시 새로운 미래 계획에 나를 포함할 테니까.

"주연아, 너 바리스타 배워 볼래? 엄마가 알아볼까? 민준이는 제과 제빵 기능사 배우니까 둘이 자격증 따서 엄마랑 같이 카페 하면 되잖아. 왜? 이것도 싫어?"

예상대로다. 한 달 전에는 뜬금없이 제주살이를 하자며 엄마는 게스트 하우스를 알아봤다. 엄마의 마음은 닻이 없는 배와 같다. 선장은 갈피를 잃고 바람 부는 대로 타륜(배의 키를 움직이는 데 쓰는 손잡이 달린 바퀴 모양 장치)을 마구 돌린다. 안전한 방향을 찾을 거라는 기대가 없다.

“이민은 어때? 솔직히 여기선 답이 없어. 모아 둔 예금으로 얼마나 더 버티겠어? 엄마가 나가서 돈을 번다고 해도 우리 식구 생활비 감당하기 힘들어. 동남아 쪽으로 이민을 가면 아등바등 일하지 않아도 되고. 따듯한 나라로 가서 여유롭게 지내면 좋잖아. 여기 집 정리하고 모아 둔 예금 합치면 작은 카페나 숙박업 정도는 할 수 있겠지. 어때?”

엄마는 마음이 조급했다. 시간에 쫓기듯 안절부절못했다. 아빠가 살아 있을 때와 달랐다. 그땐 아빠가 설치한 안전 바가 내려오면 엄마는 일단 멈췄다. 다음 신호를 차분히 기다렸다.

제대로 된 제동 장치 없는 지금은 매번 급발진이다. 가속 페달을 세게 밟으며 보호 난간을 들이받을 기세다.

“난 엄마가 무슨 일을 하든 안 말려. 다른 나라에 가서 살아도 반대 안 해. 하지만 이민 계획에 나를 끼워 넣진 마. 난 엄마의 미래 계획에 관심이 없어.”

나는 안전띠를 풀고 조수석에서 내렸다.

“하긴 네가 언제 엄마한테 관심이나 있었어? 됐다, 됐어. 너랑 의논하려고 했던 내가 멍청한 거지.”

엄마는 시동을 껐다. 그러나 운전대에서 좀처럼 물러나지 않을 거다. 내가 바라는 건 결말이지 미래가 아니다. 엄마는 한국에서 살아갈 이유를 찾지 못한 반면에 나는 가족과 살아야 할 이유를 찾지 못했다. 그러나 엄마를 쉽게 떠날 엄두가 나지 않았다.

애틋한 기억이 별로 없는 아빠가 세상을 떠났을 때 큰 죄책감을 느꼈었다. 그런데 내가 엄마를 버린다면……. 그다음에 느낄 죄책감을 감당할 자신이 없다.

어제 오후였다. 내 방 침대에 누워서 핸드폰을 만지작거리는데 현관문 닫히는 소리가 들렸다. 카페 창업 교육을 받으러 갔던 엄마가 들어올 시간이었다. 나는 벌떡 일어나 책상 앞에 앉았다. 손에 잡히는 대로 아무 책이나 펼쳤다. 주방에서 엄마 목소리가 들렸다.

"주연이는? 어디 나갔어?"

오빠가 뭐라고 대꾸하는 소리가 났다. 갑자기 방문이 벌컥 열렸다. 엄마였다.

"나와. 할 얘기 있어."

엄마는 기분이 좋아 보였다. 나는 엄마를 뒤따라 주방으로 갔다. 엄마는 뜻밖에도 여행사 안내 책자를 내밀었다. 나는 대충 훑어보고 식탁에 내려놓았다. 엄마는 전기 포트에 물을 끓였다.

"다 접고 스페인에 가자. 산티아고 순례길을 걷는 거야. 우리 셋이. 거기 가서 생각을 정리하고. 간 김에 유럽도 돌고 오는 거야. 삼 개월 아니면 오 개월. 어때? 괜찮지?"

오빠는 솔깃한 모양이었다. 빵 반죽을 내려놓고서 엄마에게 물었다.

"언제? 나 제과 제빵 수업 일월까진데."

"잘됐네. 내년 봄쯤. 아니다, 이월쯤이 좋겠다. 사람이 적을 때 가는 게 낫겠지. 갔다 온 사람 말이 좀 추워도 걸을 만하다더라."

엄마는 머그잔에 뜨거운 물을 붓고 믹스커피를 저었다.

"난 찬성. 근데 그럴 만한 돈이 있어? 비용이 만만치 않을 텐데. 우리, 돈 없다며?"

오빠는 손을 씻고 여행사 안내 책자를 뒤적거렸다.

"여행 경비는 걱정 안 해도 돼. 대부분 적금으로 묶어 놔서 생활비가 좀 빠듯하지, 쓸 돈은 있어. 아빠 보험금이 좀 되거든. 음, 목돈이 들긴 하지만 의미 있게 쓰는 거니까. 이번에 경험 삼아……."

그 말을 듣자마자 속이 뒤집혔다. 아빠의 보험금을 입에 올리는 엄마가 혐오스러웠다.

아빠를 죽도록 사랑해서가 아니라, 엄마가 애써 찾은 이유가

시궁창처럼 구려서 참을 수 없었다. 나는 구역질을 누르며 침착하게 호흡을 가다듬었다. 엄마는 눈치 못 챈 듯 여행 계획을 늘어놓았다.

"사람 일은 앞으로 어떻게 될지 모르니까, 우리가……."

"난 안 가. 둘이 가."

내가 엄마의 말을 잘랐다.

"아니, 가야 해. 너 혼자 집에 있을 수 없어. 집을 단기 임대로 내놓을 테니까."

"그럼 고모한테 얘기해 볼게. 고모가 허락하면 고모 집에서 지내면서……."

그 순간 엄마의 발작 버튼이 눌렸다.

"말이 되는 소리를 해! 고모가 뭔데? 네 가족이야, 네 엄마야?"

지친다. 이런 말싸움을 평생토록 해야 할까? 엄마를 피해 방에 들어가자 득달같이 엄마가 쫓아 들어와 울분을 터트렸다. 밤새도록 온갖 한탄을 늘어놓았다.

내가 태어나기 이전의 평온했던 삶, 시댁 식구들의 만행과 엄마의 상실감, 엄마의 노력을 몰라줬던 아빠에 대한 원망, 엄마를 이해해 주지 않는 나에 대한 불만이 확대되고 재가공되었다. 나는 몇 번의 반격을 시도하다가 입을 다물었다. 엄마의 말에 반응하는 것은 뜨겁게 달아오른 용광로에 쇳물을 들이붓는 격이었다. 엄마의 분노는 지칠 줄 모르고 콸콸 쏟아졌다.

새벽 4시에 엄마는 내일 다시 이야기하자며 방을 나갔다. 나는 충혈된 눈을 비비며 침대에 누웠다. 잠들지 못하고 한 30분은 뒤척거렸던 것 같다. 일어나서 가방을 챙겨 집을 나섰다.

엄마의 손이 닿을 수 없는 곳으로 떠나고 싶었다. 아주 영원히. 내가 더 망가지기 전에.

6
실종 경보

"심장이 멈추고 사 분이 지나면 뇌 손상이 옵니다. 생존율도 절반으로 떨어지죠. 십 분 뒤에는 다른 신체 장기들도 망가지기 시작합니다. 그래서 심정지 환자를 발견 즉시 사 분 이내에 심폐 소생술을 해야 합니다."

강사는 더미(실습용 인체 모형) 옆에 무릎을 꿇고 앉아 말을 이어 갔다.

"심폐 소생술을 편의상 육 단계로 나눴는데요, 상황에 따라 대처하면 됩니다. 인공호흡이나 자동 제세동기가 어려우면 사 단계까지만 하셔도 됩니다. 제가 먼저 시범을 보이고 난 후에 한 명씩 돌아가면서 실습해 보겠습니다."

나는 아빠 장례식이 끝나고 가장 먼저 심폐 소생술을 배웠다.

예전에 학교에서 배운 기억으로는 응급 상황 때 대처를 못 할 것 같았다. 보건소에서 약 2시간의 심폐 소생술 교육을 받고 수료증을 받았다. 강사가 알려 준 심폐 소생술 순서는 대충 이랬다.

1단계, 심정지 환자를 발견했을 때 먼저 의식부터 확인한다. 어깨를 두드리며 “괜찮으세요?” 물어 환자의 반응을 살핀다.

2단계, 큰 소리로 주변 사람에게 119 신고를 요청한다. 이때 정확하게 한 명을 지목해서 부탁한다. 자동 제세동기를 사용할 수 있다면 함께 요청한다.

3단계, 환자의 호흡을 확인한다.

4단계, 가슴을 압박한다. 이 단계가 가장 중요하다. 가슴 중앙부를 약 5센티미터 깊이로 강하고 빠르게 압박한다. 분당 100~200회 속도를 유지한다.

5단계, 인공호흡을 한다. 가슴 압박 30회 후 인공호흡을 2회 실시한다.

6단계, 자동 제세동기가 도착하면 기계를 사용한다.

홍학 아저씨는 의식을 잃은 게 확실했다. 나는 바로 2단계로 넘어갔다.

“아줌마! 119에 신고해 주세요. 어서요.”

홍학 아줌마는 퍼뜩 정신을 차리고 핸드폰을 들었다. 홍학 아저씨는 여전히 호흡이 없었다. 나는 속으로 순서를 되뇌며 4단계로 홍학 아저씨의 가슴을 압박했다.

'평평한 곳에 눕히고. 무릎을 꿇고. 두 팔을 직각으로 쭉 편 상태에서 깍지를 끼고. 명치 두 마디 위. 체중을 실어 손바닥을 힘껏 누른다. 팔은 직각 유지. 성인은 1분당 100~120회 가슴 압박. 하나, 둘, 셋, 넷……. 구급대원이 도착할 때까지 계속 반복. 하나, 둘, 셋, 넷, 다섯…….'

주변의 소음이 사라지고 내 심장 소리만 들렸다. 금세 숨이 차고 얼굴은 땀범벅이었다.

몇 분이나 지났을까? 눈앞이 환해졌다. 누가 랜턴 조명을 비췄다. "자! 자! 옆으로 비켜 주세요." 하는 말소리가 들렸던 것도 같다. 경찰이었다. 이어서 119 구급대원들이 등장했다.

나는 신속하게 뒤로 밀려났다. 옆을 보니 구경하는 사람들의 다리가 시계 눈금처럼 촘촘하게 에워싸고 있었다.

"여보! 정신 들어요? 눈 떠 봐요. 아이고, 감사합니다. 감사합니다."

울먹이는 홍학 아줌마의 목소리가 들렸다. 구급대원이 접이식 들것으로 홍학 아저씨를 옮겼다. 구경하던 사람들이 성큼 길을 내주었다. 홍학 아줌마가 부리나케 내 손을 움켜쥐었다.

“학생, 고마워요. 나중에 신세 꼭 갚을게요.”

홍학 아줌마는 퉁퉁 부은 얼굴로 구급대원을 따라갔다. 안도감에 맥이 풀렸다. 어깨와 팔이 뻐근했다. 움켜쥔 손에 온기가 남아 손바닥을 펴니 반지가 있었다.

난리통에도 패딩과 가방은 무사했다. 어둑해진 해변을 나와 남천동 방향으로 걸었다. 슬슬 배가 고팠다. 미리 검색해 두었던 카페를 찾아갔다. 24시간 운영하는 곳이라 안전하게 밤을 보낼 수 있을 거다. 주문한 음료수와 샌드위치를 받아 들고 2층 창가 구석에 앉았다.

실내조명 때문에 창밖은 보이지 않고 카페 내부가 환히 비쳤다. 카페 안을 슬쩍 둘러보았다. 몇몇 외국인 여행객과 커플들 말고도 혼자 자리를 차지하고 공부하는 사람들이 더러 있었다. 카페 벽면에 있는 시계를 보니 8시 20분을 가리켰다.

뒷자리에 앉은 남자와 시선이 잠깐 마주쳤다. 남자는 놀란 듯 황급히 고개를 떨구었다. 그럴 만하다. 창에 비친 내 몰골은 노숙인과 다름없었다. 오래전에 집을 나와 산전수전 다 겪은 행색이었다. 그럴 테지. 오늘 하루 동안 별일 다 겪었으니까.

오늘, 그동안 억눌렸던 존재감이 활화산처럼 폭발하게 된 이유를 모르겠다. 아무래도 머리 때문인 것 같다. 가방에서 비니를 꺼내 푹 눌러썼다. 음료수와 샌드위치를 먹었다.

집게손가락에 낀 반지를 살폈다. 홍학 아줌마의 금반지는 가운데에 십자가가 있고 둘레를 빙 둘러 둥근 돌기가 박힌 묵주 반지였다. 할머니가 끼고 다니던 묵주 반지가 생각났다. 디자인은 거의 똑같지만 홍학 아줌마의 반지가 더 두껍고 꽤 묵직했다.

어떻게 돌려주지? 아까 해변에서 경찰서를 본 기억이 났다. 고개를 흔들었다. 오늘은 건너뛰자. 내일 생각해 보자.

핸드폰을 켰다. 계속 꺼 둘 작정이었지만 혹시라도 홍학 아저씨 소식이 있을까 싶어서 검색했다. '오늘 광안리 119'로는 검색되는 기사가 없었다. '쓰러진 남자'를 추가했는데 역시나 별 소득이 없었다. 엄마의 톡은 오후 7시 6분이 마지막이었다.

삐익. 경고음이 몇 초 차이를 두고 일제히 울렸다. 안전 안내 문자였다. 알림 창을 지우려는데 문자 내용이 이상하다.

동구에서 배회 중인 김주연(여, 16세)을 찾습니다.

166cm, 긴 머리, 검정 패딩, 검정 바지, 검정 운동화, 검정 가방

☎182 vo.la/ha%n/ [부산경찰청]

소름이 돋았다. 내 이름이다. 아니다. 동명이인일 수 있다. '김주연'은 흔한 이름이니까. 나이도 다르고……. 아, 아니다. 생일 전이니까 열여섯 살이 맞다. 키도 같고 옷차림도 틀림없이 나다. 문자에 나와 있는 링크 주소를 눌렀다. 경찰청 '실종아동찾기센터' 블로그로 연결되었다.

내 사진이 바로 나왔다. 명절에 외사촌들과 찍은 사진을 확대한 거라 얼굴이 흐릿하다.

이름, 나이, 국적, 발생 일시, 키, 몸무게, 체격, 얼굴형, 두발 색상, 착의 의상, 진행 상태순으로 정보가 나열됐다. 내 이름 옆에 '아동'이라는 단어가 붙어 있었다. 쪽팔린다. 열심히 치열하게 달려왔는데 어린애 취급이다.

엄마가 실종 신고를 할 줄 몰랐다. 어젯밤에 서울 방문 계획을 분명히 밝혔으니까. 물론 엄마는 허락하지 않았다. 그래도 이건 해도 해도 너무하다. 딸의 얼굴을 영원토록 박제해서 고통받게 할 작정이었을까?

메시지 창을 열었다. 확인 안 한 메시지가 쌓여 있었다. 다른 건 확인하지 않고 안전 안내 문자를 캡처해 엄마의 아들에게 메시지를 보냈다.

-이거 엄마가 실종 신고 한 거지? 당장 취소하라고 해.

오빠가 바로 확인했다. 드문 일이었다.

-그래, 엄마가 선 넘었지.

내 말에 선선히 수긍하는 것도 오랜만이다.

-엄마한테 실종 신고 빨리 취소하라고 해.
아니면 내가 허위 신고로 경찰청에 신고할 거야.
-네가 직접 말해.
내가 말한다고 뭐가 달라져?
-응, 다르지.
너는 엄마가 사랑하는
유일한 아들이니까.

엄마는 엄마의 아들과 있을 때 확실히 편안해하고 행복해했다. 아들을 향한 애정 어린 눈길, 부드러운 표정과 말투. 내가 경험하지 못한 사랑이 느껴졌다. 나를 향한 시선에는 의심과 분노,

아니면 혐오뿐이었는데. 오빠라면 엄마는 사랑도, 용서도 쉬울 거다.

메시지 창에 잠시 침묵이 흐른다. 오빠가 침묵할 때면 어김없이 내 머릿속을 뚫고 나오는 질문이 있다. '너 그때 나한테 왜 그랬어? 왜 거짓말했어?' 오빠가 내뱉을 끔찍한 문장을 상상하느라 미뤄 뒀던 질문. 앞으로도 대답을 들을 기회는 없겠지.

–그래서 집 어디? 고모한테 안 갔다며.

오빠가 다시 메시지를 보냈다.

–어떻게 알았어?

–엄마가 고모한테 연락했어.

놀랍다. 엄마는 고모에게 절대로 연락 안 할 줄 알았는데.

–근데 고모를 왜 만나려고? 마지막 인사라도 하게?

뜨끔했다. 속내를 들킨 기분이었다. 처음에는 고모를 며칠 보고 부산에 돌아올 생각이었다. 그래서 짐을 따로 챙기지 않았다. 새벽에 산을 오르고서는 마음이 바뀌었다.

오늘처럼 새벽같이 집을 나올 때는 갈 데가 마땅치 않아 종종 산에 올랐다. 버스가 다니지 않는 새벽에 산복 도로를 걷고 걸어서 산에 올랐다. 그 산은 여러 개의 등산로가 있었다. 자동차가 오가는 포장도로에는 가로등이 설치되어 등산하기에 무리가 없었다.

나는 산 정상에 있는 송신탑 근처에서 잠시 쉬었다. 공용 화장실을 나오던 등산객들이 두런두런 얘기를 나누었다.

"저번에 어떤 할아버지가 저 밑에서 실종됐는데 가족들이 산을 며칠 뒤져도 못 찾았어요. 나중에 경찰이 위치 추적인가 뭔가 해서 겨우 찾았는데 바위에 정좌한 채 죽어 있더랍니다."

"가족들은 왜 못 찾았대요? 진작에 위치 추적을 했으면 살았을 텐데."

"했는데 못 찾은 거지요. 여기는 등산로에서 벗어나면 도통 사람을 못 찾아요. 옛날부터 이 산은 그랬어요. 그나마 운이 좋으면 시신이라도 찾지요. 살아 있는 사람은 못 찾아요. 아무리 인력을 동원해도요."

그 말을 듣는 순간, 심장이 뛰었다. 드디어 완벽한 장소를 발견했다. 이곳이라면 가능하지 않을까? 온전히 내 손으로 눈사람을 무너뜨려도, 아무런 방해 없이 편히 쉴 수 있지 않을까?

–그래, 건 알아서 하고.

오빠가 연거푸 메시지를 보냈다.

–죽지만 마라.
엄마는 너 눈에 안 보이면
어디서 죽은 게 아닌가 해서
제정신이 아니니까.

나는 메시지 창에 "내가 죽을까 봐 걱정하는 게 아니라 엄마가 망신당할까 봐 걱정하겠지."를 썼다가 지웠다. "내가 알아서 할게.", "고맙다. 잘 지내라."를 썼다가 구질구질 구차해서 짧게 메시지를 전송했다.

–ㅇㅇ

잠시 후 오빠가 내용 없이 링크 주소를 보냈다. 클릭하니 경찰청 실종아동찾기센터 블로그로 연결되었다. 실종 경보 카테고리 글 목록에 내 이름이 보이지 않았다. 사진도 삭제되고 해당 화면의 내용도 바뀌었다.

실종 경보(해제)

시민 여러분의 관심과 제보로 실종자를 안전하게 발견했습니다. 감사합니다.

7
넌 누구야?

거의 뜬눈으로 밤을 새우다시피 했다. 일부러 화장실을 갈 때마다 찬물로 세수했다. 날이 밝자마자 카페를 나와 해변을 걸었다. 혼자는 아니었다. 이른 아침임에도 제법 분주했다. 출근하는 차량, 산책 나온 강아지, 조깅하는 사람이 하나둘 늘어났다.

소금기 밴 바닷바람은 눅눅하면서도 서늘했다. 체온을 뺏길 정도는 아니었다. 파도는 잠이 덜 깬 듯 잔잔했다. 인기척이 있는 고요. 각자 다른 모습으로 깨어나는 존재들. 살아 있기에 혹은 이곳에 있기에 새롭게 맞이하는 시작. 그 안에 있는 나는 반쯤 죽어 있다.

나머지는 바깥에서 반쯤 살아 있는 상태다. 집 밖, 학교 밖, 곪아 버린 마음 밖에서 반쯤 살아 있는 건 왠지 비겁한 선택 같다.

어제는 쓰러진 홍학 아저씨를 살리려고 몇 분 동안 전력을 다했다. 그러나 정작 나를 살리기 위해 얼마나 시간을 썼는지는 기억나지 않는다. 실은 나를 살릴 용기가 없다.

삶 속으로, 가족 안으로 뛰어들어 가 기꺼이 눈사람을 무너뜨릴 자신이 없어서 미뤘던 끝.

너무 지친다. 다 관두고 쉬고 싶다는 생각뿐이다. 아니, 생각도 그만하자.

부산역으로 갔다. 시간 맞춰 열차에 탑승한 나는 긴장이 풀렸다. 열차 출발 직전에 서울 날씨를 검색하고 핸드폰을 충전했다. 햇살이 눈 부셔 차창 블라인드를 내렸다. 동시에 눈꺼풀도 차르륵 내려왔다.

따스한 햇살이 내리쬐는 숲길을 걷고 있었다. 아니, 숲길인 줄 알았는데 지하철 객차 안이었다. 아름드리나무들 사이에 의자가 놓여 있었다. 덜컹덜컹하는 지하철의 움직임에 맞춰 새들의 노랫소리가 들렸다. 빨간 후드를 머리에 쓴 소녀가 나였다.

나는 파란 늑대를 쫓고 있었다. 파란 늑대는 무성한 가시덤불 속으로 도망갔다. 그 순간 가시덤불에서 쉬고 있던 새들이 일제히 날아올랐다. 푸드덕 날아가는 새들이 하얀 종이비행기로 변했다. 그 모습을 멍하니 바라보다가 나는 덩굴 가시에 찔렸다. 덤불 속에서 창문을 발견했다. 순식간에 아파트 5층 베란다로 장소가 바뀌었다.

오빠가 종이비행기를 접어 창밖으로 날렸다. 오빠는 5학년이고 옆에서 구경하는 나는 빨간 모자를 쓴 눈사람 모습이었다. 종이비행기는 멀리 날아가지 못하고 화단에 우뚝 서 있던 벚나무 가지에 걸렸다. 오빠는 나뭇가지를 향해 지우개를 던졌다. 벚꽃잎이 흩날렸다. 종이비행기는 맞히지 못했다.

나도 끼어들어 눈덩이를 뭉쳐 밖으로 던졌다. 소용없었다. 오빠는 베란다 화분 밑에 괴어 놓은 붉은 벽돌을 꺼냈다. 네 토막으로 쪼개진 벽돌은 오빠 손에 쏙 들어왔다. 나도 오빠를 따라서 벽돌을 들었다. 오빠가 창밖으로 벽돌을 던졌다. 벽돌은 생각보다 무거워서 벚나무 근처에 가지 못하고 바로 밑 덤불에 떨어졌다.

오빠가 두 번째 벽돌을 들어 힘껏 던졌다. 이번에는 벽돌이 벚나무를 세게 맞히고 그대로 튕겨 바닥에 쿵 떨어졌다. 아니, 퍽 소리를 내며 벚나무 아래 있던 유모차에 떨어졌다. 유모차에서 플라스틱 파편이 튀었다. 어떤 할머니가 비명을 질렀다.

그 소리를 듣고 주방에 있던 엄마가 부리나케 달려왔다.

"엄마, 오빠가……."

"주연이가 던졌어. 나는 말렸는데."

오빠는 벌벌 떨며 말했다. 엄마는 벽돌과 내 얼굴을 번갈아 쳐다봤다. 언젠가 이런 일이 벌어질 것을 예상했다는 듯. 나는 무섭고 억울한 마음이 동시에 들었다.

"엄마, 아니야. 벽돌은 내가 아니라 오빠가 던졌어."

엄마는 내 말을 무시하고 바깥을 내다보았다. 유모차를 발견하고 사색이 되었다. 엄마는 창문을 급히 닫고 아빠를 불렀다.

"여보, 주연이가 사고를 쳤어. 어떡해."

아빠는 엄마와 오빠, 나를 차례로 훑어보다가 벽돌에서 눈을 떼지 못했다.

"아빠! 난 벽돌을 들고만 있었어. 오빠가 벽돌을 두 번 던졌는데……."

아빠는 내 말을 끝까지 듣지 않고 벽돌을 빼앗아 엄마에게 건넸다.

"일단 내가 내려가서 확인하고 올게. 당신은 벽돌 안 보이게 다 치워."

아빠는 서둘러 밖으로 나갔다. 엄마가 무서운 얼굴로 말했다.

"둘 다 방에 들어가 있어. 엄마가 부를 때까지 꼼짝하지 마."

방에 들어온 오빠는 무릎을 세우고 벽에 붙어 앉았다. 눈물이

글썽글썽했다. 내가 말했다.

"사실대로 말해 줘. 벽돌은 오빠가 던졌잖아."

오빠는 무릎에 얼굴을 숨긴 채 대답하지 않았다. 나는 그 옆에 쪼그리고 앉아 말했다.

"괜찮아. 엄마 아빠는 오빠를 많이 사랑하니까 용서해 줄 거야. 하지만 난 아니야. 오빠! 이따가 엄마 아빠가 오면 사실대로 말해 줘. 제발 부탁이야."

나는 간절히 빌고 또 빌었다. 오빠는 끝끝내 입을 다물었다. 엄마의 아들을 오빠라고 부르지 않기로 마음먹었다. 아빠가 집으로 돌아왔다. 유모차에는 아기가 아니라 개가 타고 있었다고 했다. 서둘러 개를 동물 병원으로 옮겼지만 죽었다고 했다.

엄마 아빠는 반려견을 잃은 할머니에게 매일 찾아가 비느라 내 얘기를 들으려 하지 않았다. 그날 일을 꺼내는 것조차 허락하지 않았다.

창문 너머로 계절이 여러 번 바뀌었다. 나를 믿지 않는 엄마와 아빠 때문에 우울했다. 태연하게 잘 지내는 엄마의 아들 때문에 선택적 함구증이 생겼다. 학교를 빠지기 시작했다.

엄마가 비타민제를 먹였다. 부작용으로 살이 찌고 머릿속은 안개가 낀 듯 흐리멍덩했지만, 등교는 가능해졌다. 나는 엄마 몰래 비타민제를 학교에 가져가 쉬는 시간마다 알약을 입에 털어 넣었다. 식은땀이 비 오듯 쏟아지며 온몸이 녹고 있었다.

중학교 3학년 봄, 버스 정류장에서 쓰러졌다. 나는 병원에서 깨어났다. 엄마는 우울증약을 비타민제로 속였다는 사실을 의사에게 실토했다. 내가 다른 사람뿐 아니라 나 자신을 해칠까 봐 두려웠다고 했다.

객차가 어두운 터널에 이르자 어렴풋이 꿈을 꾸고 있음을 깨달았다. 기억과 환상이 예리하게 편집되어 교차했다. 어두운 객차 끝에 가로등이 환했다. 나는 후드를 쓴 소녀로 돌아왔다. 난간 너머에 반딧불을 닮은 불빛들이 일렁였다. 나무 바닥과 벤치가 보이고 사람의 눈을 닮은 조각품이 보였다. 여기가 어디인지 알겠다.

영주동 산꼭대기에 있는 중앙 공원에서 산복 도로를 따라 한 정거장을 내려오면 정류소 옆에 전망대가 보인다. 그곳에선 부산 도심이 한눈에 들어온다. 낮에는 영주동 일대와 용두산 타워, 부산항 대교와 바다에 둘러싸인 영도가 보이고, 밤에는 발아래로 우주가 펼쳐진다.

맞은편 정류장에 버스가 섰다. 한 사람이 내렸다. 아빠였다. 나는 난간에 서서 손을 흔들었다.

"주연아, 잘 지냈어?"

"응, 그럭저럭. 아빠는 잘 지냈어?"

"응, 똑같지."

아빠와 나는 가볍게 인사를 나눴다. 우린 둘 다 아빠가 죽은 사실을 모른다.

"여기 전망대는 처음인데 마음에 든다. 조용하고."

아빠는 전망대 망원경을 들여다보며 말했다. 내가 그 옆에 서서 말했다.

"내 비밀 장소야. 여기선 건물도 사람도 내가 가진 문제도 다 작아지거든. 어떨 땐 슬픔도 작아져."

"잘됐네. 여기 있으면 아빠 문제도 다 해결되겠지."

아빠가 나를 내려다보았다. 나는 고개를 가로저었다.

"아니, 그렇진 않을 거야. 상대적으로 문제가 작아지긴 해도 사라지는 게 아니니까. 안 보여도 전부 여기에 그대로 있어."

아빠가 고개를 끄덕이며 낯선 문장을 내뱉었다.

"예키부드 예키나부드(Yekibud Yekinabud)."

언젠가 누군가에게 들었던 페르시아어였다. 무언가 뜻대로 되지 않으면 그 말을 한다고 했는데, 무슨 뜻이었는지는 기억이 안 난다.

"옛날 옛적에. 페르시아 옛이야기에 나오는 맨 첫 문장."

아빠가 어떻게 알았는지 뜻을 말해 준다.

"아니, 그거 말고 원래 뜻이 뭐였지?"

내가 물었다. 아빠가 무덤덤한 얼굴로 대답했다.

"하나는 있었고 하나는 없었습니다."

잊었던 문장을 듣는 순간, 나는 아빠가 죽었다는 사실을 깨달았다. 나는 다리에 힘이 풀려 벤치에 털썩 주저앉았다. 누군가의 무릎에.

"옆으로 비켜 줄래? 아니면 저쪽 벤치에 앉든가."

털이 듬성듬성 빠진 파란 늑대가 붉은 사과를 우적우적 씹었다. 나는 놀라서 벌떡 일어났다. 속으로 소리 질렀다.

'늑대다!'

"이런 대낮에 늑대가 어딨겠어?"

아빠는 묻지도 않았는데 대답했다.

"아빠 말이 맞아. 이런 대낮에 늑대가 어딨겠어?"

늑대는 아빠 목소리를 흉내 내며 능글맞게 웃었다. 늑대는 사과씨를 바닥에 뱉었다.

"아, 미안. 너, 사과씨를 모으지? 깜빡했다. 이따가 사과 따서 줄게."

늑대는 천연덕스럽게 말했다. 그러자 주위가 환해지고 배경이 바뀌었다. 다시 지하철 객차 안이었다. 나는 의자에 앉아 있었고 맞은편 사과나무에서 늑대가 잘 익은 붉은 사과를 따서 바구니에 가득 담았다. 아빠의 모습은 어디에도 보이지 않았다.

"넌 누구야?"

내가 늑대에게 물었다.

"난, 반쯤 살아 있는 너의 이유! 네가 오지 않길래 내가 밖으로 나왔지."

늑대는 두 발로 서서, 보이지 않는 모자를 허공에 휘두르며 인사를 했다.

"너도 이미 알고 있겠지만 네 지난 이야기는 옛날 옛적에, 끝이 났어. 넌 새로운 이야기를 찾으러 떠나야 해."

"내가 왜 그래야 하는데?"

"아직 반쯤 살아 있으니까. 살아 있는 동안 너는 네 이야기를 만들어 가야 해. 그게 네가 존재하는 이유야. 생명의 의무이자 경이로운 삶에 대한 예의지."

"난 그래야 할 이유를 모르겠어."

"아니, 넌 알아. 다른 사람은 몰라도 넌 알 수밖에 없어."

늑대는 사과 바구니를 내 무릎에 내려놓았다.

"자! 이건 내 선물. 고맙다면 아주 최소한의 성의를 보여 봐."

늑대는 말릴 새도 없이 내 모자를 벗겼다. 구불구불한 머리카락이 한꺼번에 꿈틀댔다.

메두사의 머리카락. 뱀들이었다. 나는 황급히 머리를 가렸다.

"너를 숨기지 마. 당당하게 드러내."

그러자 뱀들이 객차 통로로 스르르 미끄러졌다. 나는 겁이 났다. 머리에서 분리되려는 뱀을 붙잡았다.

"그만둬!"

"괜찮아. 길의 경계가 명확하면 엉키지 않아."

늑대가 나를 달랬다. 내가 망설이며 손을 떼자 뱀은 이내 널따란 길로 변했다. 새로 난 길은 수풀을 헤치며 여러 갈래로 갈라졌다. 파란 새들을 좇아갔다.

"이 길은 네 이야기의 복선이 아니라 동선이거든. 쭉 따라가 봐. 미리 겁먹지는 마. 뭐가 나오더라도 나오겠지. 네가 직접 확인하지 않으면 이유는 아무도 몰라."

내가 사과 바구니를 들고 캄캄한 터널로 들어서자, 늑대의 말소리가 더 또렷하게 들렸다.

"옛날 옛적에, 김주연은 있었고 김주연은 없었습니다. 예키부드 예키나부드, 넌 거기에 있었고 난 거기에 없었습니다. 실종 신고는 없었습니다."

나는 새로 난 길을 따라 걸었다. 꿈이 나를 쫓아왔다. 이유는 모르겠지만 이대로 꿈에서 깨어나지 않길 바랐던 것도 같다.

8
작별 인사

부산역을 출발한 KTX 열차는 오전 11시 50분쯤 서울역에 도착했다. 고모가 보낸 메시지를 확인하고 주차장으로 이동했다. 고모는 차에서 내리지 않고 창문만 살짝 내려 손을 흔들었다.

"안녕!"

고모는 50이 넘은 나이로는 보이지 않았다. 엄마보다 더 젊어 보였다. 친환경 스타일이라고 주장하던 화장기 없는 얼굴과 짧은 머리, 무채색 취향도 여전했다. 신발은 안 봐도 뻔하다. 겨울이면 늘 신고 다니던 어그 부츠겠지. 고모는 겨울 외 다른 계절에는 운동화를 신었다.

"고모, 오랜만이에요."

나는 조수석에 앉으며 말했다. 가방을 무릎에 올린 채 안전띠를 맸다. 고모가 내 가방을 들어 뒷좌석에 두었다. 고모는 어딘가 분위기가 바뀐 듯했다. 딱딱한 눈매를 바꿔 버린 주름 때문인지 표정이 한결 부드럽다.

"예. 주연 씨, 오랜만이네요. 머리 모양이 아주 마음에 듭니다."

고모의 말투가 장난스럽다. 내가 어릴 때 고모는 나를 어른처럼 대했는데 반대로 내가 클수록 어린아이 대하듯 했다. 고모가 내비게이션을 설정하는 동안 나는 모자를 고쳐 쓰며 머리칼을 정돈했다.

"아침도 제대로 못 먹었지? 일단 밥부터 먹자. 고기 먹을까? 여기 가까운 데 스테이크 잘하는 식당 있어. 어때?"

고모가 차를 출발시키며 물었다. 나는 망설이지 않고 바로 대답했다.

"저는 명동칼국수요."

고모가 씩 웃었다.

"칼국수 좋지! 이렇게 추운 날에 먹으면 맛있긴 해. 근데 조금 아쉽네. 고모는 고기를 사 주고 싶었는데."

"괜찮아요. 저는 진짜 명동칼국수가 먹고 싶어요. 서울 오면 꼭 먹고 싶었어요."

나에게 칼국수는 유일하게 향수병을 일으켰던 음식이다. 서울에서 즐겨 먹었던 음식은 웬만한 건 부산에 다 있었다. 유행하는 길거리 음식도 맛집도 서울에서 먹었던 것과 거의 똑같은 맛이었다. 하지만 명동에서 먹었던 칼국수와 같은 맛을 내는 가게는 없었다. 감히 말하지만 죽기 전에 꼭 먹고 싶은 음식이었다.

10분 뒤 고모는 명동 성당 지하 주차장에 차를 세웠다.

"가방은 두고 내리자."

고모는 뒷좌석에서 회색 패딩을 꺼내 입었다.

"우아! 주연이 키 많이 컸다. 나랑 키가 거의 같네."

고모는 한 발짝 물러나 나를 이리저리 살폈다. 나는 쑥스러워서 고모의 시선을 피했다.

"김주연의 계절은 여름이겠구나. 아주 파릇파릇해. 잘 자라고 있어."

고모와 나는 자연스럽게 팔짱을 끼고 주차장을 나왔다. 서울의 찬 바람은 확실히 부산보다 매섭다. 폐를 찌르는 것 같았다. 거추장스럽게 느껴졌던 롱 패딩이 소중해졌다.

명동교자 안으로 들어서는데 만석이라 기다리는 손님들로 입구가 북적거렸다. 외국인도 많았다. 입장 대기 줄은 생각보다 빨리 줄어서 직원이 빈 좌석으로 안내했다. 가게 안에 서빙 로봇이 보여서 속으로 놀랐다. 이곳은 하나도 안 변할 줄 알았는데.

주문을 마치고 음식을 받는 데까지 얼마 걸리지 않았다. 세모 모양으로 빚은 고기만두 네 알과 다진 소고기 고명을 가운데에 소복하게 올린 칼국수가 나왔다. 알싸한 마늘과 후추와 부추가 어우러진 뜨끈한 국물은 옛날 맛 그대로였다. 그러면서도 어딘가 맛이 달랐다.

"고모도 여기 오랜만이야. 한 번씩 생각나는데 명동에 올 일이 없으니까. 왜, 맛이 변했어? 옛날 맛이 안 나?"

고모가 물었다. 나는 반찬으로 나온 배추김치를 깨작거리며 고개를 가로저었다.

"아니에요. 맛있어요. 옛날 맛이랑 똑같아요. 김치도요. 여기 김치는 양념 맛이 다르잖아요."

고모는 서비스로 주는 공깃밥과 면 사리를 추가했다.

"응, 옛날이랑 똑같은 맛이야. 고모는 나이가 들면 들수록 이런 익숙한 것들이 소중해지더라. 어느 날 사라진다면 너무 서운할 것 같아."

고모는 컵에 물을 따랐다.

"같은 자리에, 오래 남아 있기 힘든데. 사람이었다면 이렇게 칭찬해 줬을 거야. 아주 대견해. 다신 못 볼 줄 알았는데 살아 있으니 이렇게 만나네. 축하해."

고모는 물컵을 들어 가볍게 부딪쳤다.

"우리 잘 살아남아서 또 보자."

고모는 장난스럽게 코를 찡긋거렸다. 고모의 버릇이다. 고모는 불쑥 작별 인사를 남기곤 했다. 때때로 인사말이 불길한 예언이나 유언처럼 들려서 불안하기도 했었다. 지금은 고맙다. 덕분에 나도 작별 인사를 남길 수 있으니까. 나는 물컵을 들고 조용히 말했다.

"좋죠. 고모, 미래에 또 만나요. 건강하고 행복한 모습으로요."

작별 인사를 남길 고모가 곁에 있어서 조금 기운이 났다.

"건배!"

고모는 빙긋 웃으며 물컵을 비웠다. 그제야 고모의 달라진 점을 눈치챘다. 내가 아는 고모는 잘 웃지 않았는데. 고모의 모습이 낯설게 느껴졌다.

아빠가 세상을 뜨자 친가에는 한바탕 소동이 지나갔다. 급격하게 쇠약해진 할머니는 입원했고 80이 넘은 할아버지는 할머니 간병을 하다가 몇 번 쓰러졌다. 할아버지와 할머니는 고모에게 집을 물려주고 요양 병원에 들어가기로 했다.

명륜동에 자리 잡은 할아버지 집은 4층 높이의 상가 건물이었다. 할아버지와 할머니는 4층에 살았다. 그 집은 오빠와 내가 자란 곳이기도 하다.

고모는 살던 집 전세를 뺀 돈으로 건물 전체를 리모델링했다. 현재 건물 1층에는 '안심동물병원'이, 2층에는 '스마일치과'가 입주해 있고, 치과 옆에 있는 스튜디오 '오픈 하루'와 3, 4층 여성 전용 고시원 '디자인 하루'는 고모가 직접 운영하고 있었다.

고모는 주차장에 차를 세우고 나를 2층 '오픈 하루'로 데려갔다. 고모는 비밀번호를 누르고 출입문을 열었다. 스튜디오는 깔끔한 원룸 같았다. 현관에 신발을 벗어 두고 실내로 들어갔다. 방 안의 가구들은 전체적으로 화이트 톤이었다. 중앙에 자리한 긴 탁자에는 색상이 다양한 의자가 여러 개 놓여 있었고, 곳곳에 아기자기한 소품과 장식이 눈에 띄었다.

"슬리퍼 신어. 예약이 없으면 난방을 거의 외출로 해 두는 편이라 바닥이 차."

고모는 신발장에서 슬리퍼를 꺼내 주고 전기 히터를 켰다.

"고모는 여기서 주무세요?"

나는 체크무늬 슬리퍼를 신고서 거실을 두리번거렸다.

"응, 가끔. 대부분은 고시원에서 자. 야간에는 내가 고시원을 관리해야 하니까. 지금은 열쇠로 방문을 잠가 놨는데 여기 파티

션 뒤에 방이 있어. 할아버지, 할머니, 병원에서 외출하실 때 여기로 모시거든. 거의 고시원에서 생활하다시피 하다 보니까 거실을 파티 룸이나 모임 공간으로 대여해 주면 좋겠더라. 예약이 없을 땐 내가 잠깐씩 내려와 쉬기도 하고."

고모는 주방 싱크대에서 머그잔을 꺼내고 전기 포트에 물을 올렸다.

"편한 데 앉아. 녹차랑 홍차 티백이 있는데 뭐 마실래?"

"녹차요."

나는 탁자 쪽 녹색 의자에 가방과 외투를 벗어 놓았다.

"오늘은 예약 없어요?"

"아니. 저녁에 스터디 모임 한 팀 있어. 이따가 너는 여기서 자면 돼. 안방에 침대, 이불 다 있어. 갈아입을 옷도 갖다 놨고."

창가 쪽 협탁에 작은 어항이 보였다. 어항에는 금붕어가 천천히 헤엄치고 있었다. 금붕어는 두 마리였는데 그중 한 마리는 몸통에 투명한 관이 끼워져 있었다.

"고모, 저거 뭐예요? 금붕어 몸에 끼운 거요."

"금붕어 휠체어. 유튜브 보고 내가 직접 만든 거야. 재가 자꾸 가라앉아서. 저런 튜브를 사용해야지만 헤엄칠 수 있거든."

"어? 고모가 키우는 금붕어예요?"

나는 놀란 눈으로 고모에게 물었다.

"음, 그러게. 생명을 키울 자신이 없어서 혼자 사는 나에게 자꾸 시련을 주시네."

고모는 수돗물을 받아 화분에 물을 주며 말했다.

"고시원 퇴실할 때 사람들이 뭘 많이 버리고 가. 멀쩡한 물건도 버리고. 키우던 화분도 그렇고. 위에 고시원에도 화분이 많아. 저 금붕어 어항도 분리수거함 앞에 몰래 버리고 갔어. 어쩌겠니? 살아 있는 걸 쓰레기통에 버릴 순 없고. 내 책임으로 떨어졌는데, 일단은 보살펴야지."

그사이 전기 포트의 물이 끓어올랐다. 고모는 전원을 끄고 녹차 티백을 넣은 머그잔에 물을 따랐다. 김이 모락모락 올라왔다.

"조심해. 뜨거워."

고모가 머그잔을 건넸다. 나는 머그잔을 받아 협탁 맞은편에 있는 소파에 앉았다.

"신기해요. 고모는 반려동물도 싫다고 했잖아요. 화분도 금방 죽여서 절대 안 키운다고요."

"그랬지. 지금도 겁이 나. 양심 고백을 하자면 화분 몇 개는 죽였어. 근데 그것도 막상 과정을 겪어 보니까 생각했던 것보다 나쁘진 않아."

고모는 나와 조금 떨어진 소파에 앉아 뜨거운 녹차를 후후 불어 가며 몇 모금 마셨다.

"꽃가게 사장님의 조언 덕분이지. 실은 사장님한테 부탁했었거든. 식물 죽일까 봐 겁이 난다고 여기 화분들을 가져다드릴 테니 키워 주시면 안 되겠냐고. 그랬더니 사장님이 뭐라고 대답한 줄 알아?"

나는 머그잔을 협탁에 내려놓고 고개를 흔들었다.

"모르겠어요. 영양제를 맞으라고 한 거예요?"

"아니. 식물도 사람처럼 수명이 있대. 시들어 죽는 건 피할 수 없는 일이래. 신이 아닌데 그걸 어떻게 막겠냐고. 사람은 그저 물 주는 시간 잘 지키고 식물이 자랄 수 있는 환경을 만들어 주면 제 역할 다한 거래. 안달복달하지 말고 그냥 지켜봐 주기만 해도 된대. 나머지는 식물한테 맡기고 믿어 보래. 살아 있는 것은 자기 스스로 살아 낼 힘이 있다고. 듣고 보니 사장님 말이 맞더라."

고모는 나를 화분에 빗대어 말하는 걸까? 나는 창틀에 있는 아기자기한 선인장 화분을 다시 눈여겨보았다.

"저기 다육이들은 거의 죽었다가 이번 달에 처음 꽃이 피었거든. 내 역할은 저렇게 꽃이 피면 꽃이 핀 대로 축하하고, 수명이 다하면 그동안 고마웠다고 잘 보내 주는 거야. 그것만 하자고 마음먹으니까 화분을 지켜보는 게 훨씬 수월해지더라. 내 얘기가 길었지?"

"아니에요. 듣고 있었어요."

내가 고모에게 말했다. 고모가 슬쩍 손목시계를 확인했다.

"그럼 이제 주연이의 얘기를 들어 볼까? 그동안 어떤 일이 있었는지 대충 엄마한테 들었는데, 그건 주연이 엄마의 얘기고. 고모는 주연이 얘기가 듣고 싶어."

나는 잠시 어항을 바라보았다. 대화를 피할 생각은 아니었다. 고모라면 생을 마감할 계획을 들려줄 용의도 있었다. 다만 얘기를 어디서부터 해야 할지 고민스러웠다.

엄마의 충격적 만행……은 우울증약 부작용으로 대부분 기억나지 않는다. 억울하게 아주 사소한 것들만 기억난다. 힘들었던 학교생활은 고모도 아는 얘기니까 빼야겠지. 이왕이면 고모가 모르는 이야기를 하고 싶었다. 심리 상담 센터 얘기는 어떨까? 거기서 만났던 해리 얘기나.

9
다른 시간, 다른 곳

심리 상담 센터는 순전히 엄마의 아이디어였다. 그곳은 아동을 대상으로 놀이나 미술 치료 위주로 상담을 진행했기에 나는 단순히 미술 학원이라고 생각했던 것 같다.

상담 선생님은 질문을 많이 했다. 나는 섣불리 대답하지 않았다. 대답을 잘못했다가 문제아로 진단받을까 봐 두려웠다. 엄마가 원하던 게 그것이었으니까.

한 시간씩 진행되는 놀이 치료가 끝나고 상담실을 나설 때 마주치던 아이가 있었다. 통통하고 귀엽게 생긴 아이였는데 나랑 나이가 똑같고 이름은 '해리'였다.

자해 행동 때문에 상담을 받고 있다던 해리에게 진짜 문제 행동은 따로 있었다. 해리는 지독한 거짓말쟁이였다. 나보다 두 살이 더 많다고 속였고, 엄마가 계모라고 했고, 어느 날엔 고아라고 거짓말을 했다. 입만 열면 거짓말을 하는 해리가 난 이상하게 싫지 않았다.

해리의 거짓말을 믿지 않았기 때문에 문제 될 게 없었다. 나에게 해리는 재미난 이야기를 들려주는 이야기꾼이었다.

"내 이름은 갈라파고스거북이 이름에서 따왔어. 거북이 이름이 '해리엇'인데 죽은 날이 유월 이십사일 내 생일과 같아. 오백 살이 넘었었는데, 우리나라 동물원에서 코끼리한테 밟혀 죽었대. 진짜야. 돌아가신 엄마가 나는 오래오래 살라고 그 거북이 이름을 따서 '해리'라고 지어 준 거야."

해리가 말한 갈라파고스거북이는 진짜 존재했다. 이름도 해리엇이 맞았다. 해리엇이 죽은 날짜와 해리의 생일도 같았지만, 나머지 내용은 달랐다. 우선 해리의 엄마는 죽지 않았고, 거북이 해리엇은 175년을 살았고, 호주 동물원에서 심장 마비로 죽었다.

고모에게 해리 얘기를 못 했던 건 그 때문이었다. 해리의 얘기는 너무 많은 거짓말이 뒤섞여서 얘기를 옮기다가 자칫 내가 거짓말쟁이로 낙인이 찍힐 위험이 있었다.

엄마는 내가 해리와 가깝게 지내는 것을 알고는 상담 시간을 바꿔 버렸다. 해리도 상담 시간을 바꿨다. 우리는 상담 시간 전후로 화장실에서 몰래 얘기를 나눴다. 그러자 엄마는 아예 심리 상담 센터를 바꿔 버렸다. 해리의 기억은 희미해져 갔다.

4학년 무렵 나는 '벽돌녀'라는 별명이 붙었다. 오빠의 거짓말 때문이었다. 아파트 단지에는 오빠가 아니라 내가 던진 벽돌에 맞아 개가 죽은 것으로 소문이 났다.

나는 졸지에 개를 죽여 놓고도 벌을 받지 않은 사이코패스가 되어 있었다. 나도 안다. 그 일은 나도 책임이 있다는 걸. 하지만 사실과 다른 소문을 바로잡고 싶었다. 같은 학교에 다니는 아이들은 내가 던진 벽돌에 맞아 아기가 죽었다고 소문을 냈다. '촉법', '킬러'라는 별명을 붙이고 뒤에서 손가락질했다. 너무 가혹한 형벌이었다.

엄마 아빠는 아들을 보호하기에 급급해서 내가 어떤 지옥에서 고통당하고 있는지 몰랐다. 아니, 모른 척 시간이 흘러가길 바랐던 것 같다. 말이 나오지 않을 정도로 우울했다.

마음의 상처를 회복하지 못한 상태로 중학교에 입학했다. 잘못된 소문은 중학교까지 따라왔다. 아이들은 나에게 관심이 없었지만, 부풀려진 소문에는 흥미를 보였다. 초등학교 때와 비교한다면 억측과 비웃음의 횟수는 그다지 많지 않았다.

그럼에도 쉽게 상처를 입었다. 나는 이미 다리가 하나 부러진 의자였다. 약한 충격에도 중심을 잃고 비틀비틀 흔들렸다. 엄마가 챙겨 준 비타민제를 먹어야만 겨우 버틸 수 있었다. 비타민제를 먹지 않으면 아이들의 시선이 날카롭게 느껴졌다.

중학교 3학년에 올라와서는 부러진 의자가 잠깐 균형을 되찾았다. 아이들의 관심은 새로 유행하는 립 틴트 1호 색상에 온통 쏠려 있었고, 게다가 리베라키마 선생님이 담임 선생님이었다.

그러나 내가 자살 시도를 했다는 헛소문이 의자의 멀쩡한 다리를 하나 더 부러뜨렸다. 나중에 상담 치료 받는다는 내용까지 알려지며 의자는 맥없이 고꾸라졌다. 두 개의 다리가 남아 있었지만 소용없었다.

“어쩐지 쟤 볼 때마다 느낌이 쎄하더라.”, “처음부터 쟤가 이유 없이 싫더라니. 이유가 없는 게 아니었네.” 이런 말들을 버텨 낼 재간이 없었다. 비타민제뿐만 아니라 상담 치료도 중단했다. 학업까지 포기할지 말지 심각하게 고민하고 있을 때 해리를 우연히 만나게 되었다.

나는 급식을 먹지 않았다. 대신에 학교가 끝나면 한 정거장을 걸어가 편의점에서 간단하게 허기를 달랬다. 그 편의점에서 해리와 마주쳤다.

“너, 주연이 맞지? 나 모르겠어? 옛날에 상담 센터 화장실에서 자주 만나던, 구해리.”

나는 컵라면 국물을 마시다가 사레들렸다. 해리는 휴지를 뽑아서 국물이 묻은 교복을 닦아 주었다. 눈앞의 해리는 희미한 기억 속의 해리와 너무나 달랐다. 통통했던 얼굴은 갸름해졌고 밝고 건강해 보였다. 해리는 다른 중학교 교복을 입고 있었다. 짧게 인사하고 나가려는데 해리가 나를 붙잡았다.

“오랜만인데 우리 얘기 좀 더 해. 요거 먹을 동안만.”

해리는 원 플러스 원 음료를 계산해서 한 개를 내밀었다. 해리와 나는 편의점을 나왔다. 벚꽃이 흐드러지게 핀 공원 길을 같이 걸었다.

“우리 학교랑 너희 학교 되게 가까운데. 어쩌면 너랑 나랑 등굣길에 자주 마주쳤을지도 모르겠다. 아 참, 너희 엄마 잘 계시니? 너희 엄마, 눈이 진짜 크시잖아. 지금도 안 잊혀. 그 큰 눈으로 날 노려보면 진짜 무서워서 오줌이 찔끔 나오더라니까. 정말이야. 좀 과장하긴 해도 이제 거짓말은 안 해. 넌 어때? 아직도 상담받아?”

나는 고개를 흔들었다. 해리는 다른 데서 상담을 계속 받고 있다고 했다. 해리는 벤치에 음료수를 잠깐 내려놓고 소매 단추를 풀어 올려 자해 흔적을 보여 줬다. 기다랗고 붉은 흉터가 왼쪽 손목에 월등히 많았다.

"잘 보여? 흉터가 훨씬 더 많았는데. 너무 빨리 아물어서 아쉬워. 이러면 내가 얼마나 아팠는지 다른 사람들은 모르잖아. 우리 엄마도 나 다 나은 것처럼 생각한다니까. 억울하다, 진짜."

해리는 벤치에 앉아 음료수를 아껴 마셨다. 내가 다 마신 음료수병을 쓰레기통에 버리고 자리를 뜨려고 하자 자기가 마시던 음료를 흔들어 보였다. 그러곤 묻지도 않았는데 자기가 상담받았던 얘기를 하기 시작했다.

"나 상담해 주시는 선생님은 나이가 육십은 넘었을 거야. 초반에는 개인적인 질문은 일절 하지 않고 그날그날 내 기분만 묻고는 내가 원하는 대로 약을 처방해 줬었어. 근데 이상하게 이 선생님이 처방해 주는 약을 먹으면 머리가 막 어지럽고 속이 메스꺼운 거야. 약간 과장해서 내가 막 죽을 것 같다고 하니까, 그 선생님이 웃더라. 자기가 준 약은 아무런 효과가 없는 가짜 약이래. 얼마나 황당하던지."

해리는 깔깔 웃었다. 나는 웃지 않았다. 조용히 선 채로 이야기가 끝나길 기다렸다.

"그러곤 나보고 두 팔로 만세를 해 보래. 시키는 대로 했지. 그랬더니 금방 또 팔을 내려 보라는 거야. 무슨 똥개 훈련 시키냐고 따질 뻔했어. 아무튼 시키는 대로 팔을 내리니까, 그 선생님이 그러는 거야."

해리는 두 손을 과장되게 휘저어 가며 상담 선생님의 목소리를 흉내 내기 시작했다.

"구해리 학생은 두 손 다 아주 멀쩡하군요. 우울증 환자들 중에는 본인의 의지대로 몸을 움직이지 못하는 분들도 있거든요. 손발을 움직일 수 없을 정도로 마음을 다쳐서요. 손가락 하나 움직이는 데도 의학의 힘을 빌리곤 하죠. 하지만 구해리 학생은, 다시 손 올려 보시겠어요? 봐요, 아무 문제 없이 올라가죠? 두 손 다 묶이지 않았으니까요. 구해리 학생이 스스로를 옭아매지 않는다면 완벽하게 자유롭게 움직일 수 있어요. 잘 알겠지만, 꽁꽁 묶여 있는 죄수는 행복할 수 없어요."

연극을 마친 해리는 나를 의미심장하게 쳐다봤다.

"아! 이 선생님도 결국 내 탓을 하네. 그랬는데, 이상하게 여기가 하나도 안 아픈 거야."

해리는 손바닥을 자기 가슴에 갖다 댔다.

"그때 느꼈지. '아, 이 선생님은 다르구나. 진심을 말하고 있구

나. 진심으로 내 얘기를 듣고 걱정해 주고 있구나.' 그게 막 느껴지니까, 나도 선생님의 얘기에 귀 기울이게 되더라고. 덕분에 많이 나아졌어. 옛날의 나였다면 난 선생님의 진심을 알아차리지 못했을 거야. 선생님을 지금 만나서 정말 다행이야."

해리는 환하게 미소를 지었다. 그 순간 해리는 반짝반짝 빛나 보였다.

"너도 지금 만나서 너무 좋아. 내가 잘 지내는 모습을 너에게 보여 줄 수 있어서 기뻐. 앞으로 우리 자주 만나자."

미안하지만 해리의 진심은 나에게 전해지지 않았다. 아까 해리가 한 말을 바꾸어 설명하자면 나는 어렸고, 해리의 진심을 알아차릴 만한 시간이 아니었다. 해리가 뻥쟁이에, 거짓말쟁이에, 고통스러운 모습이었다면 달랐을까? 나는 밝고 건강한 해리가 부담스러웠다.

"나 핸드폰이 없어."

나는 연락처를 묻는 해리에게 거짓말했다.

"아, 그래? 그럼 내가 너희 학교로 찾아갈게. 나 상담받으러 가는 날 빼면 시간 많아."

"내일은 바빠."

나는 또 거짓말을 했다. 해리는 옛날 옛적에 거짓말을 뗀 아이라서 나의 거짓말은 통하지 않았다. 거절을 해도 웃어넘겼다.

"괜찮아. 나는 시간 많아. 하굣길에 잠깐 만나."

다음 날 해리는 수업 끝나는 시간에 맞춰 진짜 학교 앞에 나타났다. 해리와 마주치지 않으려고 일부러 늦장을 부리거나 학교 후문으로도 도망쳐 봤지만 해리를 완벽하게 피하진 못했다. 싫은 티를 팍팍 냈는데도 소용없었다.

해리는 한 달에 한 번 상담받으러 가는 날을 빼고 거의 매일같이 학교 앞에 나타났다.

버스 정류장, 편의점, 건널목, 공원, 놀이터, 또는 세탁소 모퉁이…… 어디서든 나타나 반갑게 인사를 했다. 그렇다고 해리가 내 시간을 많이 뺏는 건 아니었다. 내가 집으로 가는 버스를 기다리는 동안, 짧게는 5분에서 10분, 길게는 15분에서 30분 동안 내 옆에 있었다.

해리는 내가 밥은 잘 먹는지, 잠은 잘 자는지, 무슨 생각을 하는지, 대부분 사소한 것들을 궁금해했다. 나는 '사소한' 글자에서 '사' 자가 신경 쓰였다.

"그런 게 왜 맨날 궁금해? 너, 스토커니? 싫다는데 왜 자꾸 찾아와?"

나는 해리와 뚝 떨어져 걸으며 쌀쌀맞게 말했다.

"어쩔 수 없어. 주연이 너도 속마음을 터놓고 얘기할 친구가 필요하잖아. 나도 그렇고."

"아니. 얘기할 상대가 필요하면 나 말고 상담 선생님을 찾아가. 나는 내 문제로 충분히 머리가 아파."

그러자 해리가 쓸쓸히 웃으며 옷소매를 문질렀다. 교복 밑에 감춰 둔 흉터의 개수를 확인하듯. 해리가 조용히 말했다.

"예키부드 예키나부드."

뭐지, 이 뚱딴지같은 소리는? 나는 인상을 찌푸리며 해리를 쳐다봤다. 해리의 눈이 반짝였다.

"이게 무슨 뜻이냐면……."

"알아. '하쿠나 마타타', 문제없다는 뜻이잖아."

나는 해리의 말을 자르고 버스 정류장 전광판을 쳐다봤다. 내가 탈 버스가 11분 뒤에 온다는 표시가 떴다.

"아니, 그건 아프리카 말이고 '예키부드 예키나부드'는 페르시아 말이야. 페르시아 옛이야기에 나오는 맨 첫 문장. 상담 선생님이 가르쳐 주셨는데 '옛날 옛적에'라는 뜻이래."

"됐어. 안 궁금해."

"에이, 거짓말! 너도 알지? 나한테 거짓말은 안 통한다는 거."

해리는 내 앞을 가로막고 손가락을 흔들었다. 나는 반응을 하지 않으려고 애쓰며 시선을 돌렸다. 해리가 말했다.

"난 뭔가 뜻대로 안 되면 '예키부드 예키나부드'를 주문처럼 외워. 그럼 왠지 기분이 나아져. 싫은 거, 힘든 거, 아픈 거, 다 옛날 옛적에 일어난 일 같고."

해리는 가만히 왼쪽 손목을 어루만졌다.

"그 얘길 왜 나한테 해?"

"그냥. 너도 알았으면 해서. 뜻대로 안 되는 시간도 어차피 옛날 옛적이 되면 다 잊힐 테니까. 오늘은 우리 둘 다 행복했으면 좋겠어."

나는 해리의 진심이 여전히 와닿지 않았다. 해리는 날개를 달고 가볍게 날아오르는데 나는 물 밑에 가라앉아서 허우적대는 것 같았다. 나를 사랑하지 않는 가족과 힘든 학교생활, 난장판이 된 정신 상태. 이 시간에 날 찾아온 해리가 원망스러웠다.

"학교를 빨리 관두고 싶었던 이유에는 해리도 한몫했어요. 걔는 다른 아이들처럼 건강하고 평범하게 잘 지내는데, 난 여전히 엉망진창 바닥이니까. 그래서 나를 계속 찾아왔겠죠. 돕고 싶어서. 그게 너무 싫었어요. 어떻게든 그 아이한테서 벗어나고 싶었어요."

나는 재빨리 한숨을 쉬고 말을 이었다.

"걔가 아니라 내가 문제였던 거예요. 유일하게 먼저 다가왔던 아이였는데 마음이 움직이질 않았어요. 그 아이 덕분에 알았어요. 나는 가족뿐만 아니라 어느 누구와도 절대로 친해질 수 없는 아이란 걸요."

"음, 그 아이, 소식은 아니?"

고모가 물었다.

"아뇨, 몰라요. 학교 관두고 한 번도 본 적이 없어요."

해리 역시 내 소식을 모를 거다. 나는 SNS를 하지 않으니까. 어쩌다 가끔 해리의 근황이 궁금해도 금세 다른 생각에 몰두했다. 해리와 연락하고 지낼 마음은 없었다.

고모가 어항 쪽으로 시선을 돌렸다. 투명한 튜브를 끼운 금붕어가 천천히 헤엄을 쳤다.

"주연아, 금붕어는 부레병에 걸리면 평형을 유지하지 못해. 그럼 몸이 수면 위로 떠오르거나, 아니면 바닥으로 가라앉아서 살아남기 어려워져. 그럴 땐 혼자 버틸 수 없어. 누군가에게 도움을 받아야 해."

고모는 머그잔을 협탁에 내려놓고 조용히 말을 이었다.

"고모가 이 얘기를 하는 건, 그 아이가 널 의지했을 것 같다는 기분이 들어서야. 그 아인 널 돕고 싶은 마음도 있었겠지만, 한편으로 자기도 도움을 기대하는 마음이 있었을 것 같아. 저 어항 속 금붕어처럼 혼자 버티는 게 힘들어서."

의심스러웠다. 이건 내가 알던 고모의 사고방식이 아니었다. 갑자기 눈꺼풀이 떨렸다.

"왜 그렇게 생각하세요? 고모가 해리에게 직접 확인한 게 아니잖아요?"

나는 고모에게 따져 물었다. 고모는 어깨를 으쓱했다.

"그래, 예전 같으면 나도 모른다고 했을 거야. 지금은 생각이 달라졌어. 확실하지 않아도, 가능성을 열고 대화하는 게 낫겠더라. 최근 몇 년 사이 후회를 많이 했거든. 내가 모른다고 아예 대화조차 시도하지 않으면 배울 기회를 놓치니까."

고모는 씁쓸하게 웃으며 창밖을 내다보았다.

"아쉬워. 꿈, 시간, 사람, 가족을 통해서, 내가 모르던 나에 대해서 배울 수 있었을 텐데."

고모는 아빠를 떠올리는 걸까? 아빠의 죽음이 고모에게 어떤 영향을 주었는지 나는 알 수 없었다. 고모는 어두운 표정을 지우고 나를 쳐다봤다.

"아무튼 그 해리라는 아이도 여러 가능성은 있었을 거야. 반드시 도움이 필요했다고 확신할 순 없지만."

나는 고모가 말한 '가능성'에 대해서 선뜻 이해되지 않았다.

"만약에 해리가 도움이 필요했다면요. 그럴 가능성이 조금이라도 있었다고 치면요. 갠 왜 나를 찾아왔을까요? 나는 그럴 힘도 없는데요."

"음, 글쎄. 그 아이도 자기가 서 있는 곳이 바닥이라고 생각했을 수도 있겠지. 균형 감각을 잃고 바닥에 깊이 가라앉은 상황이라면, 내 기분조차 나 혼자 감당이 안 되기도 하잖아. 누구든 내 손을 잡아 줬으면, 나를 밖으로 끌어 줬으면 했겠지. 그 아이의 눈에는 네가 그 바깥에 서 있는 사람이었을지도 모르고."

나는 손으로 가만히 소파 무늬를 더듬으며 해리의 소맷자락을 떠올렸다. 상처가 아물지 않길 바란다던 말, 아프다는 투정이었을까?

다른 각도에서 본 기억 속 해리의 뒷모습은 유난히 쓸쓸하게 느껴졌다.

"제 잘못이네요. 그 아이를 오해하고, 돕지 않았으니까요."

"음, 그건 아니고. 고모가 생각하기에는 둘 다 다른 시간에 다른 곳을 본 것 같아. 그뿐이야. 누구 잘못도 아니야. 각자 자신에 대해서 배웠다고 생각하면 좋겠어."

고모는 동의를 구하듯 몸을 앞으로 숙였다. 나는 잠시 멍하니 어항을 바라봤다.

막막했다. 어디서부터 이야기를 이어 가야 할지 모르겠다. 원래는 해리의 등장 다음에 바로 나의 무너진 정신 상태로 이야기를 이어 갈 계획이었다. 그다음엔 눈사람의 적과 애정 없이 집착만 하는 엄마, 무력한 부산 생활, 산티아고와 혐오, 벽돌 사건과 엄마의 아들, 아빠의 죽음으로 마무리할 생각이었다. 그런데 시간 순서가 뒤죽박죽 엉켜 버렸다.

그래, 늘 시간이 말썽이었다. 얌전히 자기 순서를 기다리는 주인공과 인물, 장소와 사건, 원인과 결말을 엉뚱한 곳에 세워 놓고서 서로를 오해하게 만들고, 미워하게 만든다. 기다리다가 제풀에 지쳐 떨어져 나가게 하려고. '나만 없어지면 모두 편해질 텐데.' 하고 바라도록 말이다.

엉망진창 꼬여 버린 시간을 어떻게 설명하면 좋을까? 어항을 자세히 들여다봤다. 금붕어가 모랫바닥에 있는 수초와 모조 장식품인 물레방앗간 사이를 왔다 갔다 했다. 물레방아는 수레바퀴 모양과 닮았다. 《수레바퀴 아래서》란 책 제목이 생각났다.

"주연아! 차가 식었는데 뜨거운 물 더 줄까?"

고모가 침묵을 깼다. 나는 멍한 상태로 고개를 흔들었다. 고모에게 물었다.

“고모, 《수레바퀴 아래서》 내용 기억나요? 그 책 주인공 한스가 죽고 난 다음에요, 남은 사람들은 어떻게 살았을까요?”

10
열일곱 번째 겨울

고모에게 죽고 싶은 마음, 자살 계획을 털어놓았다. 고모는 내 얘기가 끝나길 기다렸다가 내 손을 꼭 잡았다. 고모의 손은 따듯했다.

"많이 힘들었겠다."

고모는 조용히 말했다. 솔직하게 얘기해 줘서 고맙다고도 했다. 비난과 설득은 없었다. 한참 뒤 고모는 나에게 죽을 계획을 조금만 뒤로 미뤄 달라고 부탁했다.

"고모가 너에게 못 해 준 게 많아서 그래. 고모는 남아 있는 사람 말고, 잘 보내 주는 사람이 되고 싶어. 그러니까 고모에게 시간을 줘. 힘들게 안 할게."

내가 대답을 머뭇거리자, 고모는 도와 달라고 부탁했다. 고시원 주말 알바를 제안했다.

주말에 할아버지와 할머니가 계신 요양원에 면회 가는 일이 잦아서 내 도움이 꼭 필요하다고 말했다. 나는 우선 그렇게 하겠다고 대답했다. 거짓말은 아니었다. 고해 성사를 마치고 난 뒤라 무거운 죄책감을 털어 버리고 싶었다. 깃털처럼 가벼운 약속이라면 괜찮을 것 같았다.

3층 고시원 '디자인 하루' 사무실(안내 데스크 겸 고시원 입실 상담실로, 건물 안팎에 설치한 CCTV 모니터가 가득했다)에 갔다. 낮 동안 고시원을 관리하는 총무 언니와 인사를 나눴다. 고모는 총무 언니에게 나를 조카라고 소개하고 당분간 고시원에서 지낼 거라고 얘기했다. 고모는 나를 혼자 두는 게 안심이 안 됐는지 비어 있는 1호실에 묵게 했다.

때마침 자기 방 디지털 도어 록이 고장 났다며 7호실 아줌마가 등장했다. 사망 직전의 복숭아나 바나나 같은 인상을 풍기는 아줌마였다. 아줌마는 나를 새로 온 입실자로 생각하고 호기심을 나타냈다.

"어머, 묵주 반지 끼고 있네요. 성당 다니세요? 나돈데. 반지 얼마 줬어요? 한 돈? 두 돈?"

나는 홍학 아줌마의 반지를 감추고 대충 얼버무렸다. "아, 이거요? 이건 그냥……" 하고 말끝을 흐렸던 것 같다. 고모는 서둘러 아줌마를 데리고 나갔다. 근무 시간이 끝난 총무 언니는 저녁을 먹으러 가면서 7호실 사홍 씨와 적당히, 아니 안전하게 거리를 두라고 경고했다.

"7호실 사홍 씨는 여러모로 좀 그래요. 껄끄러운 데가 많아요. 겪어 보면 알 테지만 조심하는 게 좋을 거예요."

다음 날 아침을 먹고 우체국에 갔다. 홍학 아줌마의 반지를 봉투에 넣어 종이 상자에 담았다. 메모지를 얻어 간단한 사연과 주인을 찾아 달라는 부탁을 남겼다.

'받는 사람' 주소는 부산 광안리 해변에 있는 경찰서 주소를 적었다. 등기 우편이라서 '보내는 사람' 이름과 연락처가 필요했다. 고민하다가 부산 주소와 엄마의 연락처를 남겼다.

1호실 방으로 돌아온 나는 잠깐 화장실 가려고 깬 거 외에는 식사도 건너뛴 채 이틀을 깊은 잠에 빠졌다. 그동안 고모는 엄마와 몇 차례 긴 통화를 했다. 엄마는 내가 알바를 할 수 있도록 동의서와 짐을 챙겨서 택배로 보냈다.

엄마가 내 숙박료, 즉 입실료를 낸다는 조건부 허락이었다. 이

후 엄마와 나는 고모를 중간에 두고 소통했다. 정확히 말하자면 소통이 아니라 생사 확인이었다.

고모는 3층 '디자인 하루' 1호실을 나에게 양보하고 야간 근무가 끝나면 2층 '오픈 하루'에서 잠을 잤다. 직사각형 구조의 1호실은 폭이 좁은 방이긴 해도 있을 건 다 있었다.

미니 냉장고와 TV, 옷장, 책상과 1인용 침대와 샤워기 부스를 설치한 개인 화장실도 있었다. 이 방에서는 나를 위협하는 적은 없었고 전쟁도 없었다. 공간은 작아도 온전히 나만의 휴식처였다. 주파수를 세우고 쉴 새 없이 적의 동태를 살피던 귀가 스위치를 내리고 잠을 푹 잤다. 식사는 공용 주방을 이용하면 되지만 대부분 배달을 시켜 고모와 같이 먹거나 외식했다. 주중에 고모가 짬이 나면 미술관, 카페를 갔고 가까운 산을 함께 오르기도 했다.

철저하게 받는 사람이 되어 고모가 제공하는 평화로운 환경을 실컷 누렸다. 떨리던 눈꺼풀이 잠잠해졌다.

시간은 순식간에 흘러 12월이 되었다. 뜻밖에도 내가 나온 영상이 뉴스에 미담으로 소개됐다. 홍학 아저씨에게 심폐 소생술을 하던 나를 누군가 동영상을 찍어서 뉴스에 제보한 것이었다. 영상 속의 나는 흐트러진 머리 때문에 얼굴이 거의 보이지 않았다.

기자는 홍학 아저씨와 아줌마를 취재했고 홍학 아저씨는 병실에서 건강한 모습으로 내게 감사를 전했다.

홍학 아줌마는 되돌아온 반지를 보여 주며 나를 꼭 만나고 싶다고 말했다. 동영상 끝에는 엄마의 전화 인터뷰 목소리도 나왔다. 엄마는 기자에게 미성년인 딸을 대신해 인터뷰한다며 조심스럽게 소감을 밝혔다.

"몰랐어요. 우리 딸이 워낙 말수가 적어서 얘기를 안 했거든요. 아주머니께서 반지를 받고 연락해 주셔서 깜짝 놀랐어요. 아저씨가 건강을 되찾으셔서 저도 기쁘고요. 우리 딸이 정말 자랑스러워요. 영상을 보시고 우리 딸을 칭찬해 주신 많은 분께도 감사드립니다."

이것만으로 엄마와의 관계가 개선될 거라는 기대는 없었다. 그래도 기분은 나아졌다.

내가 자랑스럽다는 엄마의 말은 진심이 아니더라도 고마웠다. 부산 지역 방송에는 엄마와 홍학 아줌마가 만나 얼싸안는 장면도 나왔다. 이후에 엄마는 몇 번 더 인터뷰했다.

엄마의 인터뷰는 나날이 발전해서 "우리 딸, 엄마가 많이 사랑해."를 말하며 홍학 아줌마와 손가락 하트를 만들었다. 홍학 아저씨는 옆에서 박수를 보냈다. 포털 메인에도 관련 기사가 제법 올라왔다. 오빠는 새로운 기사가 나오면 링크 주소를 메시지로 보냈다. 마지막 기사는 제목 못지않게 사진이 웃겼다.

-연말에 기삿거리가 되게 없나 봐.
이건 엄마가 보내라고 해서 보냄.

"빵빵! 추위 물렀거랏! 따듯한 빵 나가신다"라는 제목 아래 '연말 훈훈한 빵 나눔 봉사' 사진이 나오는데, 산타 모자를 쓴 엄마와 오빠가 홍학 아저씨, 아줌마와 함께 행정 복지 센터 마당에서 빵을 나눠 주고 있었다. 그 아래에 네 사람이 크리스마스트리가 장식된 카페에 나란히 앉아 포장된 빵을 들고 있는 사진이 보였다. 탁자에는 빵이 가득했고 오빠는 자기가 만든 식빵과 쿠키를 들고 있었다. 엄청나게 뿌듯해하는 표정이라니! 손발이 저절로 오그라들었다.

-아저씨랑 아줌마 되게 좋으시더라.
민락동에서 빵 가게 하시는데 엄청 커.
너도 꼭 놀러 오래.

홍학 아저씨는 오빠에게 제과 제빵 기사 자격증을 따면 면접 보러 오라고 했단다. 엄마는 홍학 아줌마와 자주 연락한다고 했다. 참 희한한 줄 긋기였다.

그사이 나는 열일곱 번째 생일을 맞았다. 고시원 생활도 제법 익숙해졌다.

고시원의 하루는 365일 열려 있는 편의점 같았다. 24시간 사람들이 돌아다녔다. 협소한 공간에서 계속 마주치다 보니 입실자들의 정체를 파악하기 쉬웠다. 대학생, 직장인, 취업 준비생, 외국인, 얼굴에 간단한 프로필을 써 붙인 것처럼 서로의 나이와 하는 일쯤은 쉽게 파악할 수 있었다.

여성 전용 고시원이라서 여자들뿐이지만 그게 어떤 소속감과 안정감을 주었다. 어떨 때는 다양한 국적, 다양한 나이의 김주연을 만나는 기분이 들었다. 모두 나의 역할 모델이었다.

소방 공무원 시험을 준비하는 김주연, 외국을 여행하는 김주연, 사랑에 빠진 김주연, 회사원 김주연, 스무 살의 김주연, 서른 살의 김주연, 마흔 살의 김주연 등.

왜 나는 김주연의 수많은 가능성에 대해서 꿈꾸지 않았을까? 나를 되돌아보게 되었다.

물론 그들 중에는 예외의 인물도 있었다. 무수히 많은 가능성과 관련 없는 인물, 사홍 씨였다. 슬기로운 고시원 생활과 무관한 사홍 씨는 소음 문제를 일으키다가 2호실로 방을 옮겼다. 옆방인 1호실을 쓰는 나로서는 불행한 일이었다. 새로 리모델링한 고시원이라 비교적 방음이 잘되는 편이었지만 목청 좋은 사홍 씨에게는 무용지물이었다.

사홍 씨는 누군가에게 자기소개를 할 때면 남편과 스무 살 대학생 아들이 해외에 있고 자신은 혼자 여행 중이며 3개월 뒤에는 퇴실하겠다고 말했다.

그건 누가 들어도 앞뒤가 맞지 않는 얘기였다. 우선 사홍 씨는 장 보는 목적 외에는 일절 바깥출입을 하지 않았다. 새벽마다 술안주를 만드는 게 하루의 시작이자 마무리였다. 주식은 부침개나 찌개였는데 취기가 오르면 자기 방에서 꼭 누군가와 통화하며 고래고래 소리를 질렀다.

"네가 날 흔들었잖아? 다 물어봐. 내가 뭐가 아쉬워. 그런데도 꾹 참고 노력했잖아? 자꾸 잘못한 건 너잖아? 내가 어떻게 믿어? 내가 기계야? 매일같이 새로운 사실이 나오는데 어떻게 믿어?"

사홍 씨는 어눌한 발음으로 악을 쓰며 말을 질질 끌었다.

"이봐요! 아들 아빠! 너, 어디 가서 교회 다닌다고 하지 마라! 왜? 나? 나야, 성당 안 다니잖아? 미쳤냐? 난, 내가 인간으로 사는 것도 힘들어!"

사홍 씨는 평상시에도 기분이 틀어졌다 싶으면 소리를 꽥 질렀다.

"제발 청소 좀 신경을 써 주세요! 재활용 쓰레기통 없어요? 쓰레기통 바꿔야 하지 않겠어요? 그리고 창고 정리도 해 주세요. 돈 받은 만큼 해 줘야 하지 않겠어요? 나도 아이가 있는데, 여기 학생도 많은데, 이러면 안 되지 않겠어요? 원장님! 애 있어요? 없어요? 애 있는 사람이 이러면 안 되잖아요? 사람을 더 쓰세요. 원장님이 관리를 안 하니까, 아주 엉망이잖아요!"

사홍 씨의 주장은 다소 억지스러웠다. 청소는 업체에 맡겨서 깨끗했고 주방은 수시로 총무 언니와 내가 치웠다. 어느 주말이었던 것 같다. 새벽에 누군가 방문을 두드렸다. 사홍 씨였다.

"흰색 실 없어요?"

나는 없다고 대답했다. 사무실에는 한 번도 쓰지 않은 새 반짇고리가 있었고 1, 2분이면 여분의 흰색 실을 찾아 줄 수 있었음에도. 나는 사홍 씨가 원하는 대답을 하지 않았다.

"정말 없어요? 조금이면 되는데, 요만큼. 흰 실요. 사무실에도 없어요?"

사홍 씨는 믿을 수 없다는 표정이다. 4층 19호실에 머무르는 레일라 씨가 이 상황을 목격하고 끼어들었다. 튀르키예에서 온 레일라 씨는 친절한 태도를 유지한 채 딱딱하게 말했다.

"편의점 가 봐요."

"이 시간에 가게 문 다 닫았을 텐데."

사홍 씨는 레일라 씨의 관심이 반가운지 목소리가 밝아졌다.

"그러니까 편의점에 가요."

레일라 씨는 해결 방법을 제시했다.

"여기 마트에는 없을까? 난 이 정도만 필요한데."

사홍 씨는 은근슬쩍 말을 놓았다.

"편. 의. 점. 가. 봐. 요."

레일라 씨는 한국어를 알아듣지 못하는 외국인을 상대하듯 천천히 말했다.

"편의점 가면 있을까?"

"편. 의. 점. 에. 다. 팔. 잖. 아. 요."

레일라 씨는 더 할 말이 없다는 듯 어깨를 으쓱하고는 공용 주방으로 갔다. 사홍 씨는 뒤쫓아 가며 말을 걸었다.

"편의점 어디 있어요? 어느 편의점 가면 돼요?"

이것이 진정한 스몰토크인지 의심스러웠다. 하지만 이를 계기로 사홍 씨는 자신을 상대해 주는 외국인을 찾아 영역을 넓혀 갔다. 3층 공용 주방, 4층 세탁실과 옥상 휴게실, 외국인이 있는 곳이라면 사홍 씨를 쉽사리 발견할 수 있었다.

"어디서 왔어요? 일본, 나도 일본어 배우고 있어요."

"부침개 좀 먹어 봐요. 맛있어요. 아까 고마워서 내가 이거 만든 거예요."

"오늘 어디 가요? 내가 가르쳐 줄게요. 아, 원장님한테 물어봤어요?"

"아! 인도네시아에서 여행 온 거예요? 나돈데. 아뇨, 나는 외국인 아니고 한국 사람이에요."

"아침 식사 안 했죠? 내가 어묵을 샀는데, 양 많아서 그러니까 같이 먹어요. 먹었어요? 그럼 냉장고에 뒀다가 나중에 먹어요."

사홍 씨는 질문을 하거나, 도움을 요청하거나, 친절을 베풀거나, 공통점을 찾거나, 음식을 나누거나 하면서 대화 상대를 찾았다. 그러나 교류는 일회성으로 끝났다. 외국인들은 사홍 씨를 부담스러워했다.

나도 사홍 씨가 싫지만, 너무나 싫었지만, 사홍 씨를 애써 외면하기가 힘들었다. 사홍 씨는 지우고 싶은 기억을 자꾸 일깨웠다. 집에서, 학교에서 외면받던 내 모습이 떠올라 마음이 무거웠다. 나는 사홍 씨를 볼 때마다 나직하게 중얼거렸다.

"예키부드 예키나부드."

1월이 되었다. 사홍 씨는 퇴실하기 일주일 전 고모에게 면담을 청했다. 용건은 자신의 편의를 봐 달라는 부탁이었다. 한 달 여행을 갔다 와서 재입실할 테니, 입실료를 받지 않고 자신의 짐만 창고에 보관해 달라고 했다. 고모는 사홍 씨의 요청을 단호히 거절했다.

"사홍 씨, 원칙적으로 짐을 무료로 보관해 주지 않아요. 그리고 사홍 씨는 입실 연장이 어려워요. 벌써 다음 입실자가 대기 중이라서 계약한 대로 일월 이십팔일에는 방을 비우셔야 해요."

입실 예약을 받은 것은 사실이었다. 하지만 그게 아니더라도 사홍 씨에 대한 민원이 넘쳐 나서 고모는 어떻게든 사홍 씨를 내보낼 생각이었다.

협상에 실패한 사홍 씨는 짐을 줄이려고 물건을 이리저리 나눠 줬다. 레일라 씨에게는 한 번밖에 안 썼다며, 벨트를 선물로 건넸다. 일본인 나나 씨에게는 자기가 입던 옷을 건넸다. 고모는 사홍 씨를 조용히 불러 다른 사람들에게 부담 주지 말라고 했다. 쓸 만한 물건은 공유함에 갖다 두라고 했다.

사홍 씨가 떠날 날짜가 가까워지자 나는 되도록 사홍 씨에게 친절하게 대하려고 노력했다.

"이거 내가 자기 주려고 직접 만든 거야."

사홍 씨는 떠나기 전날, 샌드위치 접시를 들고 내 방문 앞에 서 있었다.

"먹어요. 햄이랑 달걀 넣고 내가 만들었는데, 맛이 어떨지 모르지만 먹을 만할 거예요."

사홍 씨가 방 안을 훑어보며 말했다. 나는 방문을 닫고 나와 손사래를 쳤다.

"괜찮아요. 저는 점심을 먹었어요."

사실이었다. 고모와 함께 2층에서 배달 음식을 먹고 올라온 참이었다.

"그럼 뒀다가 먹어요."

"미안해요. 저는 햄을 못 먹어요."

햄을 못 먹는 것도 사실이었다. 미안하지는 않았지만.

"그럼 못 먹는 거 빼고 먹으면 안 돼요? 다 안 먹어도 되니까 맛이라도 봐요."

먹어라, 못 먹는다, 옥신각신 승강이가 길어지자 나는 피곤했다. 마지못해 샌드위치 접시를 받았다.

"네, 알았어요. 감사합니다."

"샌드위치 꼭 먹어요."

사홍 씨는 감시하듯 내가 접시를 들고 방으로 들어가는 걸 지켜봤다.

오후에 택배 기사가 와서 사홍 씨의 택배 상자를 챙겨 갔다. 포장한 상자는 두 개였는데 택배 담는 상자 중에 가장 큰 크기였다.

저녁때 사홍 씨는 잔뜩 취해 있었다. 방 안에서 그릇 깨지는 소리가 나고 엄청난 울음소리가 들려왔다. 고모는 2층에 내려가지 않고 사무실에서 쪽잠을 잤다.

다음 날 아침 사홍 씨는 여행용 가방을 끌고 고시원을 떠났다. 소란스러운 사홍 씨와는 어울리지 않게 무척이나 초라한 퇴장이었다.

나는 사홍 씨에게 받은 샌드위치를 버리려고 주방에 있는 음식물 쓰레기통 뚜껑을 열었다. 내 것과 똑같은 샌드위치가 몇 개씩 버려져 있었다.

1월 31일에는 눈이 많이 내렸다. 오늘따라 고시원이 유난히 조용하다는 생각도 했었던 것 같다. 밤 10시 이후에는 움직임이 거의 없었다. 보통 이 시간에는 늦게 귀가한 사람들이 야식을 먹고, 세탁기를 돌리고, 통화를 하고, TV 볼륨이 하나, 둘 켜지고, 잔잔

한 소음이 가득했었는데 샤워하던 몇 사람을 끝으로 정적이 흘렀다.

나는 침대에 앉아 사과씨를 채운 통을 흔들었다. 빈틈없이 꽉 채워진 플라스틱 통에서 옅은 사과 향이 흔들렸다. 고모에게서 메시지가 왔다.

-오늘은 2층에서 눈 구경하다가 잘래?

나는 통을 이불에 던져두고 오케이 이모티콘을 보냈다. 잘 때 입는 수면 바지에 후드 집업을 걸친 채 2층으로 내려갔다. 거실에 작은 조명등만 켜 두고 고모와 이런저런 얘기를 많이 했다. 새벽 3시쯤 창밖에 눈이 그쳤다. 그때쯤 고모와 나는 잠자리에 들었다.

사홍 씨는 새벽 3시 45분에 비밀번호를 누르고 고시원으로 들어왔다. 사홍 씨의 행적은 전부 CCTV에 찍혀 있었다. 옥상 문을 잠그려고 시도했지만, 뜻대로 되지 않았다.

사홍 씨는 아주 잠깐 체념한 듯 감시 카메라를 쳐다보다가 주방으로 향했다. 싱크대에서 꺼낸 칼을 들고 1호실 방문에 귀를 바짝 갖다 대었다. 사홍 씨는 비밀번호를 누르고 방으로 들어갔다.

아침 8시에 눈이 떠졌다. 옥상에 올라가 눈사람을 만들 생각이었다. 나는 외투와 장갑을 챙기려고 3층에 갔다. 계단을 올라갈 때 출근하는 몇몇 사람들과 마주쳐 가벼운 목 인사를 나눴다. 3층 출입구 현관문을 지나칠 때 평상시와 다르게 조용했는데 단순히 눈이 많이 와서 다들 일찍 출근했나 보다 생각했다. 별로 이상한 점을 못 느끼고 사무실을 지나쳤다.

1호실 비밀번호를 누르고 방으로 들어갔다. 핸드폰을 찾았지만 2층에 두고 왔는지 보이지 않았다. 외투를 꺼내려는데 옷장 안이 지저분했다. 방 안을 둘러보았다. 책상이며 바닥이며 누군가 뒤진 듯 물건들이 너저분하게 흩어져 있었다.

불투명 유리 칸막이 화장실에서 사홍 씨가 눈을 번뜩이며 나왔다. 나는 너무 놀라서 제자리에 얼어붙었다. 사홍 씨는 방문을 가로막고 서서 오른손을 앞으로 내밀었다.

공용 주방에서 쓰던 빨간 손잡이 과도. 왜 들고 있지? 뒤늦게 칼의 용도를 알아챈 순간 심장이 미친 듯이 뛰었다. 나는 뒤쪽 벽에 바짝 붙었다. 왜지? 왜 하필 나지? 이유가 뭐지?

"어딨어? 돈이랑 반지."

사홍 씨가 잠긴 목소리로 물었다. 아, 그거였나? 하지만 돈과 반지는 이 방에 없다. 통장이 든 가방은 2층 안방에 있고 반지는 주인을 찾아간 지 오래다. 나는 고개를 흔들었다.

"집에, 집에 있어요. 여기 없어요."

"거짓말! 거짓말하면 죽어."

"거짓말 아니에요."

그때 사홍 씨의 표정이 어땠는지 몰라도 분명하게 기억나는 건 사홍 씨의 눈빛이었다.

의심, 실망 다음에 분노, 절망, 결심, 그 중간에 김주연이 있었다. 짙은 눈동자 안에 김주연만 남았다. 두려움에 얼어붙은 김주연의 얼굴, 방어할 무기가 없는 김주연의 손, 죽음을 감지한 김주연의 호흡, 그 안에서 김주연을 보호해 줄 만한 것은 아무것도 없었다.

아니다. 다른 것도 있었다. 아주 오랫동안 죽으려고 했던 김주연의 마음에 계속 살고 있던 그것! 살고자 하는 본능이 김주연에게 있었다. 나는 죽기 싫었다.

그렇다고 무턱대고 살려 달라고 소리 지를 수 없었다. 어쨌든 나는 방 안에 갇혔고 사홍 씨는 무기를 들고 있다. 사홍 씨를 자극하지 않는 게 좋을 것 같았다. 아무에게도 알리지 않을 테니 그냥 나가 달라고 설득해 볼까?

몇 분이 흘렀을까? 사홍 씨는 뭔가 결심한 듯 나를 향해 천천히 움직였다. 나는 재빨리 방을 둘러보았다. 의자는 너무 멀었다. 조심스럽게 침대에 걸터앉았다. 침대 이불 위의 플라스틱 통이 손에 잡혔다. 사과씨를 모아 둔 통이었다.

그때 누군가 비밀번호를 누르는 소리가 들렸다. 움찔한 사홍 씨가 문 쪽으로 고개를 돌렸을 때 나는 온 힘을 다해 플라스틱 통을 던졌다.

탁!

플라스틱 통은 사홍 씨의 오른쪽 눈을 정통으로 맞히고 바닥에 떨어졌다. 사과씨가 사방으로 튀었다. 사홍 씨가 칼을 떨어뜨리고 다친 눈을 부여잡는 찰나 방문이 벌컥 열렸다. 경찰들이 사홍 씨의 팔을 붙잡아 밖으로 끌어냈다.

11
준비 완료

내가 1호실에 들어가고 정확히 4분 뒤에 경찰이 왔다. 경찰이 그렇게 금방 도착할 수 있었던 것은 고모가 빨리 신고한 덕분이었다.

고모는 나보다 먼저 일어나 주차장에 내려갔었다. 낮에 칼국수를 먹으러 명동에 가기로 해서 자동차 바퀴에 미리 스노 체인을 감으려고 했던 거다. 그러다 주차장 구석에서 낯익은 여행용 가방을 발견했다. 고모는 단박에 여행용 가방의 주인이 누군지 알아챘다.

고모는 3층에 올라가 급히 CCTV 녹화 영상을 살피며 사홍 씨의 흔적을 찾았다. 녹화 영상에서 사홍 씨가 1호실에 들어간 걸 확인한 고모는 매우 침착하게 경찰에 신고했다.

고모는 입실자들에게도 단체 문자를 보냈다. 외부인 무단 침입을 알리고, 경찰을 불렀으니 정리되는 동안 방문을 잠그고 방 안에서 대기해 달라는 내용이었다. 핸드폰을 두고 나온 나는 이런 상황을 까맣게 모르고 사무실을 지나쳐 1호실로 들어갔다.

고모는 출동한 경찰과 방문을 열고 나서야 내가 방에 갇혀 있었다는 사실을 알았다.

"괜찮아? 어디 다친 데 없어?"

고모는 나를 힘껏 껴안았다. 두툼한 외투를 입고 있었는데도 고모는 덜덜 떨었다.

나는 몸에 두꺼운 이불을 두른 듯 무거웠다. 천천히 온기가 피어올랐다. 무겁고 따듯한 진심이 내 마음에 전해졌다.

아침에 일어난 소동의 전말은 입실자들에게 알음알음으로 전해졌지만 그럼에도 퇴실하겠다고 연락한 사람은 없었다. 고모가 재빠르게 수습한 덕분이었다.

아침 9시 근무 시간에 맞춰 방을 나온 주간 총무 언니뿐만 아니라 다들 사홍 씨가 고시원에 무단 침입을 해서 경찰이 출동한 정도만 알았다.

고모는 경찰과 CCTV를 확인하고 방범 시스템을 점검했다. 고모는 서둘러 설비업자에게 연락해 안전장치를 추가했다. 입실자들에게는 단체 문자를 돌려 바뀐 현관 비밀번호를 전달하고 각자의 방 비밀번호를 바꾸도록 권유했다. 고모가 뒷정리하는 동안 나는 2층에서 기다렸다. 고모는 '오픈 하루' 예약을 당분간 받지 않기로 했다며 편히 쉬라고 했다.

"경찰이 1호실 사진을 찍어 가긴 했는데, 확실한 얘기가 나올 때까지는 방을 그대로 두어야 할 것 같아. 옷 말고 고모가 더 챙겨야 할 물건 있어?"

고모는 점심 도시락과 세척 사과 봉지를 식탁에 올렸다. 나는 사과씨를 모아 뒀던 통을 챙겨 달라고 하려다 말았다. 사과씨는 쏟아졌고 통은 쓰임을 다했다.

"없어요. 고모, 그 사람은 어떻게 됐어요? 병원 갔다면서요? 눈 많이 다쳤어요?"

순간 고모의 얼굴에 분노가 떠올랐다가 사그라들었다.

"아니. 눈, 뼈 이상 없고, 타박상이래. 이제 조사받을 거야. 너무 걱정하지 마. 경찰도 단순한 무단 침입이 아니라서 바로 풀려나긴 어려울 거라고 했어."

고모는 외투 주머니에서 약봉지를 꺼냈다. 쌍화탕과 감기약, 진통제가 들어 있었다.

"점심 먹고 이따가 쌍화탕은 챙겨 먹어. 너무 놀라면 몸살 올

수 있거든. 혹시 머리 아프면 진통제 먹고. 여기 일은 아무것도 신경 쓰지 말고 누워 있어."

고모는 망설이다가 나를 살짝 껴안고 등을 두드렸다.

"아이고, 하나뿐인 우리 주연이. 고모 옆에 있어 줘서 정말 고마워. 건강하게 오래오래 살자!"

그건 고모의 작별 인사가 아니었다. 애정을 듬뿍 담은 사랑 고백이었다. 오늘에서야 이해했다. 나는 배달 도시락을 남김없이 깨끗하게 먹었다. 죽을 고비를 넘긴 사람치고는 식욕이 왕성했다. 세척 사과도 꺼내 먹었다. 새로운 각오와 에너지가 넘쳐 났다. 머리도 맑아졌다.

분명해지는 기억과 질문들.

핸드폰을 꺼내 엄마의 아들에게 전화를 걸었다. 한참 후에 오빠가 전화를 받았다. 누굴 만나는 모양인지 왁자한 웃음소리가 났다. 경쾌한 음악도 들렸다.

"웬일? 네가 전화를 다 하고. 무슨 일 있어?"

"아니. 늦었지만 너한테 물어볼 말이 있어서."

"뭘?"

"너 오 학년이고 나 사 학년 때. 너도 알 거야. 그 일, 벽돌."

"뭐래냐. 끊는다."

"끊지 마. 나 오늘 하마터면 죽을 뻔했어."

"뭐? 너, 꿈 얘기하냐?"

"그래, 꿈 얘기라고 쳐. 살아서 눈떠 보니까, 억울해. 이렇게 살다가 이유도 못 듣고 죽게 될까 봐."

"도대체 뭔 소리? 좀 알아듣게 말해."

"사 학년 때부터였을 거야. 내가 사과씨를 모은 게. 어디서 봤거든. 사과씨에는 독성이 있어서 사과씨를 많이 먹으면 죽을 수 있다고. 근데 사과씨를 얼마나 모아야 하는지 모르겠더라. 그래서 죽고 싶은 마음이 들 때마다 사과를 먹었어."

문득 리베라키마 선생님의 '사' 자 경고가 떠올랐다.

"근데 그거 알아? 네가 더럽다고 갖다 버리라고 했던 사과씨가 날 구해 줬어. 죽으려고 모아 뒀던 사과씨 덕분에 오늘 내가 살았다고. 우습지?"

나는 거실을 왔다 갔다 하며 말을 이었다.

"그래서 진지하게 묻는 건데, 너 그때 왜 그랬어? 내가 벽돌 던졌다고 왜 거짓말했어? 오늘은 꼭 그 이유를 들어야겠어."

잠시 정적이 흘렀다. 어떤 남자의 목소리가 들렸다. "민준아, 뭐 해?" 했던 것 같다.

"여기 시끄러우니까, 나가서 전화할게."

엄마의 아들은 당황한 듯 허둥지둥 전화를 끊었다.

몇 분이 지났을까? 어항을 들여다보고 있을 때 핸드폰이 울렸다. 통화 버튼을 누르니 엄마의 아들이 뭐라고 말하는데 물속에 있는 듯 왕왕거리며 지직거렸다. 장소를 바깥으로 옮겼는지 주변이 시끄러웠다. 무선 이어폰으로 바꿨나 보다. 세찬 바람 소리만 깔끔하게 잘 들렸다.

"뭐라고? 바람 소리 때문에 안 들려."

엄마의 아들이 뭔가 조치를 했는지 목소리가 아까보다 또렷해졌다.

"이제 들리지? 기억이 안 난다고 했어. 다 옛날 일이잖아."

너한텐 벌써 옛날이구나. 옛날 옛적에 있었던 일이 되어서, 하나도 아프지 않겠구나.

"됐어. 이유만 말해 줘."

"넌 약 먹는 아이라고, 아픈 아이라고 다들 알았으니까. 네가 했다고 하면 괜찮을 줄 알았지."

슬펐다. 그리고 상상했던 것보다 타격감이 적었다. 말짱했다.

"그게 다야?"

내가 물었다. 엄마의 아들이 한숨을 쉬었다.

"그래. 그때는 나도 어렸잖아. 겁이 났지. 나까지 그런 소문이

나 봐. 엄마 아빠가 견딜 수 있었을 것 같아?"

"난 괜찮고?"

엄마의 아들은 침묵했다.

"넌 몰라. 엄마 아빠가 옆에 있었으니까. 난 혼자였어. 엄마는 날 미친 아이로 취급하고 언젠간 제대로 미쳐서 사람을 해칠 거라 믿었고. 너랑 아빠는 솔직히 방관했잖아. 그래서 나도 내가 이상한 줄 알았지. 근데 아니야. 난 죽도록 힘들면 차라리 나를 죽일 생각을 하지, 남을 죽일 생각은 안 해."

그게 나와 사홍 씨의 차이점이었다. 눈사람은 바닥에 뭉개져도 눈사람이다. 스스로 무너지더라도 결코 다른 사람을 공격하지 않는다. 발길질하는 사람은 되지 않을 거다. 나 역시 밑바닥까지 가더라도 남들이 생각하는 모습으로는 무너지지 않을 자신이 있었다.

그 가능성이 희망의 싹을 틔웠다. 혹시라도 희망이 시들게 되더라도 사홍 씨와 나의 차이점을 발견한 오늘을 기억할 거다. 엄마가 걱정하는 김주연의 모습이 아니라, 남이 기대하는 김주연의 모습이 아니라, 김주연이 생각하는 대로 김주연을 가꿔 볼 생각이다.

나는 차분하게 마음을 식히고 담담하게 말했다.

"그러니까 엄마가 걱정하는 일은 절대 안 생겨. 나는 엄마가 생각하는 사이코가 아니고 김주연이니까. 엄마한테도 꼭 전해 줘. 산티아고 걸을 때 할 얘기 없으면."

"내가 왜?"

"나는 거기에 없으니까. 뭐 얘기하기 싫으면 관둬. 상관없어."

엄마와 엄마의 아들은 다음 주 이 시간에 산티아고 순례길을 걷게 될 거다. 그곳이 어디쯤이고 어떤 길일지 모르겠지만 걱정하지 않는다. 귤락 같은 인생이 걸어온 길보다는 춥지 않을 테니까.

"넌 계속 서울에 있을 거야? 갈 데 없으면 집으로 와. 엄마가 여기 집 임대 안 내놓고 비워 둔대."

"그럴 일은 없을 거야. 난 여기서 할 것 해야지."

막연히 그런 예감이 든다. 서울 오기 전에 꾸었던 꿈처럼, 발자국 없는 새로운 길을 걸으며 가끔 뒤돌아볼 것 같다. 잠깐씩 쉬어 갈 때마다 뒤에 누가 오는지 살펴볼지도 모르겠다.

"설마, 너, 엉뚱한 생각 하는 거 아니지?"

우습다. 괜히 걱정하는 척하기는. 엄마의 아들답다.

"아니. 전혀. 통화한 김에 미리 인사할게. 산티아고 잘 갔다 와라. 건강하게."

"말투가 왜 그래? 너 진짜 어디 죽으러 가냐?"

"아니, 마음 편하게 갔다 오라고."

진심이다. 내가 할 수 있는 선에서 두 사람을 잘 보내 줄 거다.

"너 진짜 이상해. 솔직히 말해 봐. 어디 아프냐?"

"됐다. 같은 말 반복이니까 끊을게."

전화를 끊고 창밖을 내다봤다. 하늘하늘 눈송이가 날렸다. 아침에 못 만든 눈사람을 만들러 나가야겠다. 고모에게 메시지를 보냈다. 바로 답이 왔다.

나는 얼른 두꺼운 패딩을 입고 목도리를 친친 감았다. 거울을 보다가 털모자를 벗었다.

구불구불한 머리칼이 자유를 찾아 한껏 부풀어 올랐다. 그때 메시지 알림음이 울렸다. 엄마의 아들이었다.

-아까는 말 못 했는데
너도 건강히 잘 지내라.
미안하다.

쳇. 사과를 기대하지 않았지만, 용서를 해 줄 생각도 없었지만. 얼렁뚱땅 이런 문자 하나 딸랑 보내 놓고 마음이 가벼워질 엄마의 아들을 생각하니 언짢다. 메시지 창에 "이게 사과냐? 어떻게 너는"까지 썼을 때 메시지가 하나 더 도착했다.

-사과씨는 그만 모으고.
검색해 봤는데 그거 배만 아프대.
암튼 그렇다고.

나는 콧방귀를 뀌었다. 그래, 이게 너의 진심이라면 언젠간 이해할 날이 오겠지. 어쩌면 엄마의 진심도. 그때까지 우리 모두 무사하길 바란다. 나는 썼던 문자를 지우고 웃어 줬다.

-ㅋㅋ

준비 완료. 나는 드디어 밖으로 나갔다. 온전한 내 모습으로.

12
주연이 모르는 이야기

녀석들은 고기 뷔페 오픈 시간에 맞춰 날 불렀다. 녀석들은 들떠 있었다. 셋 다 일찌감치 대학 합격 통지를 받았으니 2박 3일 우정 여행이 즐거울 수밖에.

난 녀석들과 중학교 3년을 붙어 다녔다. 같은 학교에 같은 동네에 산다는 공통점으로 자연스럽게 친해졌다. 성격, 외모, 공부 다 고만고만해서 우르르 몰려다니며 유치한 짓거리도 많이 했다. 녀석들 말로는 내가 보고 싶어서 부산에 왔다고 했지만 딱 보면 안다.

만만한 호구 하나 물어서 적당히 자기들 놀이에 끼워 주고 밥값이나 유흥비를 떠맡기려는 수작이겠지. 알면서 나왔다. 당황해하는 녀석들 낯짝이 보고 싶어서.

나는 그 옛날 빵 셔틀 하던 비리비리한 김민준이 아니다. 몇 년 사이 키가 10센티미터 이상 자랐고 몸집도 커졌다. 녀석들이 어떻게 반응할지 궁금하다.

"다들 오랜만이다."

나는 지환이 옆에 앉았다. 지환이가 움찔했다.

"야, 너 왜 이렇게 몸이 좋아졌어? 몰라볼 뻔했다. 운동하냐?"

역시 근육에는 노동이 최고다. 나는 소매를 걷어 올리고 빵 반죽으로 다져진 근육을 뽐냈다.

"뭐, 그냥 걷기 정도. 너는 변한 게 없네. 축하한다. 남자가 한결같아야 멋지지."

나는 지환이의 어깨를 툭툭 치며 말했다. 맞은편에 앉은 규태의 입꼬리가 실룩거렸다. 그 옆의 현진이가 말했다.

"얼굴 좋다. 학업에 찌들어 살았던 우리랑은 확실히 다르네. 너 요즘 뭐 한다고 했지?"

"제과 제빵."

나는 외투를 벗고 젓가락을 잡았다.

"아, 부럽다. 우리는 대학에 들어가서 또 그 지겨운 공부란 걸 해야 하는데. 얘 봐라. 빵 팔면서 떼돈 벌 거 아냐? 나도 그런 삶을 살고 싶다."

지환이는 비아냥대다가 목소리가 갈라졌다. 나는 턱을 쭉 빼고 말했다.

"그래, 너 꼭 그래라. 지금 되게 힘들어 보이니까. 목소리도 삑사리 나고."

현진이가 불판 위 고기를 뒤집다가 픽 웃었다.

"나도 다시 태어나면 김민준처럼 살고 싶다. 하고 싶은 거 다 하고 사니까. 민준아! 넌 부러운 사람 없지?"

현진이가 물었다. 나는 고개를 흔들었다. 김민준의 삶, 얕잡아 보지 마라. 너희 눈에는 쉬워 보일지 몰라도 결코 만만한 인생이 아니다. 나는 고기 쌈을 입에 쑤셔 넣으며 말했다.

"있지. 배낭여행 하는 유튜버. 평생 돈 걱정 없이 여행만 하고 사는 사람."

"그건 지금도 할 수 있잖아. 너희 할아버지 건물주잖아?"

현진이가 말했다. 나는 어이없어서 콧방귀를 뀌었다. 할아버지가 건물주인 게 나랑 무슨 상관이라는 거지? 그 건물을 할아버지가 물려주실 것도 아닌데.

초등학교 들어가기 전까지 상가 건물 4층 꼭대기에 살았다. 할아버지 집에 우리 가족이 기생한 거지만. 집은 꽤 넓었다. 방이

세 개에 화장실이 두 개였는데 화장실이 딸린 안방을 우리 식구가 쓰고 할아버지, 할머니가 큰방을, 고모가 현관 입구의 작은방을 썼다.

지금도 생각나는 건 주방에 있던 냉장고다. 두 대였는데 하얀색 냉장고는 할아버지와 할머니, 고모가 썼고 메탈로 된 냉장고는 우리 가족이 썼다. 두 대의 냉장고처럼 한집에 살았을 뿐 식사 시간이나 동선은 철저하게 분리됐다.

이른 아침에 할머니와 할아버지가 간단하게 식사를 끝내면 그 뒤에 고모가 식사를 마쳤고 엄마가 맨 마지막에 우리 식구 아침을 차렸다.

할머니는 엄마의 살림에 일절 간섭하지 않았고 할머니의 일정표대로 움직였다. 대개는 아침 식사가 끝나면 옥상에 있는 텃밭을 가꿨고, 성당이나 여러 모임에 나가느라 점심때는 집에 거의 없었다. 할아버지도 바빴다. 손수 점심 도시락을 싸서 1층 관리실에 내려가서 건물 청소와 시설을 관리했다.

고모와 아빠는 그때 무슨 일을 했는지 정확하게 모르겠지만 출퇴근 시간이 자유로웠다. 저녁이 될 때까지 집에는 엄마와 나, 주연이밖에 없었다.

그나마 저녁에는 다 같이 얼굴을 볼 시간이 잠깐 있었다. 가족들은 각자 저녁 식사를 마치면 거실로 나왔다. 할아버지와 할머니는 어린 나와 주연이를 돌봐 주다가 아빠와 고모가 퇴근하면 거실을 내주고 큰방으로 들어갔다. 엄마는 할아버지와 할머니의 생활 방식을 못 견뎌 했다.

엄마가 아빠를 붙잡고 밤마다 하소연했다. 나는 잠든 척 옆으로 돌아눕고는 엄마의 얘기를 들었다.

"당신네 식구들 때문에 너무 속상해. 왜 나를 투명 인간 취급을 해? 내가 뭘 잘못했어? 왜 멀쩡한 사람을 외롭게 만들어?"

그때의 엄마는 불쌍했다. 엄마가 안방 화장실에 숨어서 자주 울었던 것을 기억한다.

내 상태는 썩 괜찮은 편이었다. 가족 모두 각자 나름의 방식으로 나를 아끼고 사랑해 줬다. 할아버지 집은 좋지도 싫지도 않았다. 크게 불편함을 못 느꼈다.

아니, 나는 불편함을 내색할 수 없었다. 집안에서 내 역할은 밥 잘 먹고, 잘 웃고, 잘 자고, 어른이 시키면 군말 없이 시키는 대로 하는, 해맑은 어린이 캐릭터였으니까.

고모가 다니던 직장 근처에 빌라를 얻어 독립하자 엄마는 경쟁하듯 분가 계획을 밝혔다. 친가의 생활 방식에 거부감 없이 스며들었던 주연이에게는 날벼락이었겠지만 어쨌든 나는 환영이었다. 엄마는 내가 잠든 줄 알고 아빠에게 말했다.

"어차피 더 버텨도 아버님께 도움을 바라는 건 무리야. 아버님은 당신 재산은 자식에게 한 푼도 물려주지 않고 당신이 다 쓰고 가시겠다고 공표하신 분이잖아. 어머님께 말씀드렸더니 아버님 몰래 얼마 챙겨 주신다고 하니까, 이번에 집을 구하자. 그 돈이랑 은행에서 대출받으면 작은 아파트는 얻을 수 있을 거야."

엄마의 말에 아빠는 왠지 망설였다.

"그럼 빚을 져야 하잖아. 다달이 나가는 보험료에 주연이 치료비에 생활비까지 만만치 않은데, 내 월급으로 감당이 되겠어? 난 못해. 그냥 조금만 더 버티자. 내가 사업 자금 모을 동안만."

"그 얘긴 나중에 해. 아무튼 난 이번에 무조건 집을 구해야 한다고 봐. 아버님도 우리 애들 아끼시잖아. 손주들 집 나가서 고생하는 거 보시면 마음을 바꾸실지도 모르고. 혹시 알아? 그땐 아버님이 사업 자금 하라고 쌈짓돈을 척 내놓으실지."

그 말에 아빠는 분가하기로 마음을 바꿨다. 그러나 엄마와 아빠가 기대한 일은 끝끝내 일어나지 않았다. 할아버지는 손주들의 고생은 부모가 책임을 져야 한다고 선을 그었다.

그럼 할아버지의 자식인 아빠의 고생은? 어린 나는 아빠가 불쌍해 보였다.

할아버지에게 사랑을 받지 못하는 것 같았다. 그때 나한테 돈은 사랑의 표현이었다. 나에게 돈을 쓰지 않겠다는 선언은 날 사랑하지 않는다는 자백과 다름없었다.

"진짜야? 뻥 아니고?"

규태가 현진이에게 물었다. 현진이가 말했다.

"몰랐어? 우리 중학교 때 소문이 자자했잖아. 민준이 재 금수저야."

"너, 진짜야? 건물이 어디에 있는데?"

규태가 나에게 물었다. 지환이가 입을 삐죽대며 깐족댔다.

"야, 기대하지 마. 내가 아는데, 얘가 금수저면 한 십사 케이 되려나? 수저도 요만할걸. 배스킨라빈스 아이스크림 떠먹는 수저."

"야, 뭐래냐? 넌 숨 쉬지 마라. 이산화 탄소 나온다."

나는 젓가락 든 손으로 코를 막으며 말했다. 지환이가 썩은 표정을 지었다.

"여어, 민준이. 드리블이 장난 아닌데."

규태가 씩 웃으며 말했다. 나는 불판에서 잘 익은 삼겹살을 싹 쓸어 와 입에 쑤셔 넣었다.

"와! 이 새끼, 우리 보러 나온 게 아니라 완전 고기 처먹으러 나왔네."

지환이가 빈정거리며 젓가락을 탁 내려놓았다.

"아니, 밥 사 주려고 나왔는데? 이따 내가 계산할 텐데, 이 정도도 못 먹어?"

나는 냉동 삼겹살을 불판 위에 붓고 빈 접시를 지환이에게 넘겼다.

"지환아! 가서 고기 좀 더 가져와라."

"야, 세월이 많이 변했다. 김민준이 나한테 고기 셔틀을 다 시키고."

지환이의 넋두리에 현진이가 맞장구치며 웃었다.

"그러게. 이런 걸 전화위복이라고 하던가?"

"병신. 격세지감이겠지. 너, 그 머리로 어떻게 대학에 붙었냐? 솔직히 말해. 면접관이 너희 엄마였지?"

규태의 말에 현진이가 툴툴대며 욕지거리를 해 댔다. 그러자 규태가 지지 않고 욕을 퍼부었다. 지환이도 동참해 욕을 했다. 셋은 그 상황이 우스운지 낄낄댔다. 녀석들은 중학생처럼 굴었다. 나는 속으로 후회했다. 녀석들을 상대하고 있는 나도 똑같이 유치하게 느껴졌다.

한참 후에야 주머니 속에 넣어 뒀던 핸드폰 진동을 느꼈다. 발

신자는 주연이였다. 엉거주춤 일어나 빈자리로 가서 통화 버튼을 눌렀다.

"웬일? 네가 전화를 다 하고. 무슨 일 있어?"

"아니. 늦었지만 너한테 물어볼 말이 있어서."

주연이의 목소리가 착 가라앉았다. 그때 이미 예감했다.

"너 오 학년이고 나 사 학년 때. 너도 알 거야. 그 일, 벽돌."

당연히 기억한다. 하지만 여기서 말할 내용은 아니다. 나는 녀석들의 눈치를 보며 전화를 끊으려고 했다.

"끊지 마. 나 오늘 하마터면 죽을 뻔했어."

가슴이 철렁했다. 주연이는 농담을 하지 않으니까. 그러나 나는 태연한 척했다.

주연이는 사과씨에 대해서 얘기했다. 나는 주연이가 심드렁한 얼굴로 사과를 먹던 모습을 떠올렸다. 그 옛날 주연이는 사과씨를 뱉어서 손바닥에 올려놓고 한참을 들여다보곤 했다.

나는 주연이가 사과씨를 연구하는 줄 알았다. 사과를 워낙 좋아하니까 나중에 사과 농장을 하려고 미리 준비하는 거로 생각했다. 나도 원통 모양 과자 통에 사과 씨앗을 모았었다.

주연이에게 주려고. 주연이에게 미안한 게 많아서, 돈을 모아서 주고 싶었는데 돈이 없었다. 뭐든 돈을 대신할 만한 걸 주고 싶었다. 주연이가 좋아하는 사과 씨앗이라도 많이 모아서 선물로 주고 싶었다. 그러나 애써 모은 사과씨를 주연이에게 주지 못하고 버렸다. 어느 날 과자 통을 열어 보니 씨앗이 몽땅 썩어 있었기 때문이었다.

"민준아, 뭐 해? 자냐?"

지환이가 고기 접시를 탁자에 갖다 놓으며 말했다. 나는 재빨리 전화를 끊고 녀석들이 있는 탁자로 가서 외투를 챙겨 입었다.

"급한 일 있어서 먼저 갈게. 말한 대로 계산은 내가 할게. 너희 중에서는 내가 금수저니까. 그리고 왕년의 빵 셔틀로서 경고하는데 요즘은 너희처럼 빵 셔틀 시킨 애들에게 가혹한 세상이야. 대학 가서 공부 열심히 해라. 좋은 데 취직하고 꼭 성공하고. 그래야 내가 정의 구현할 맛이 나지."

녀석들의 얼굴이 급속 냉동되었다. 나는 계산서를 챙기며 말했다.

"그리고 지환이 넌 대학 가기 전에 쌍수를 하든, 얼굴에 뭐든 좀 해. 인간적으로 넌 내면이 형편없어. 염치가 있다면 외면이라도 가꿔야 하지 않겠냐?"

건물 밖으로 나오자 바람이 세차게 불었다. 별로 통쾌한 기분은 들지 않았다. 돈이 아까웠다. 그래도 녀석들이 앞으로 기억할 김민준을 생각하면 나쁠 것도 없었다.

나는 무선 이어폰을 끼고 빚쟁이에게 전화를 걸었다. 주연이가 전화를 받았다. 미안하다고 말했다. 그러자 주연이가 말했다.

"뭐라고? 바람 소리 때문에 안 들려."

그래, 네가 못 들었으니까 사과는 무효다. 무선 이어폰을 빼고 말했다.

"이제 들리지? 기억이 안 난다고 했어. 다 옛날 일이잖아."

그때 일은 계속 덮고 싶었다. 명백하게 내 잘못이었지만 인정하기가 힘들었다. 내가 뱉은 거짓말보다 엄마가 시킨 거짓말이 더 많았으니까.

인정한다. 엄마의 최애는 나였다. 그런데도 나는 2순위로 밀려날 때가 많았다. 증거는 많다. 치료비와 약값. 엄마는 주연이에게 돈을 많이 썼다.

병원과 심리 상담 센터. 엄마는 주연이와 많은 시간을 보냈다. 둘이 병원과 심리 상담 센터에 갈 때마다 난 혼자였다. 나와 같이 있을 때도 엄마는 주연이를 걱정하느라 나에게 100퍼센트 집중하지 못했다. 그 채워지지 않은 시간이 나날이 쌓이면서 균열을 만들었다.

우리 식구가 살았던 오래된 아파트처럼 깨진 벽 틈으로 찔끔 찔끔 물이 새서 곰팡이 얼룩을 만들었다. 나는 무력한 기분을 드러내지 못했다. 솔직한 마음을 드러내면 엄마가 내 손을 끌고 병원에 데려갈 것 같았다.

주연이는 병원에서 각종 검사를 받고 온 날이면 방바닥에 누워 눈만 껌뻑거렸다. 나는 주연이가 오래도록 불쌍했다. 그래도 주연이를 돕지 않았다. 어쨌든 나는 엄마와 한편이어야 했다.

그 시절 엄마는 지금보다 훨씬 호랑이에 가까웠다. 할아버지 집을 나오면서 엄마는 집안의 모든 일에 결정권을 가졌다. 아빠와 나는 엄마가 결정한 일에 토를 달지 않았다. 싸우지 않았다는 말은 아니다. 아주 중요한 문제에서 주도권을 갖기 위해 대체로 힘을 아꼈다.

모든 공은 호랑이에게 맡겼다. 호랑이에게서 공을 뺏지 않았다. 그러나 주연이는 만만치 않은 공이었다. 엄마와 애써 싸워서 자신을 증명하려는 주연이 덕분에 나는 싸우기도 전에 수월하게 내 몫을 인정받았다. 그러면서 나는 주연이에게 빚진 기분이 들었다.

빚을 진 사람 입장에서는 빚쟁이가 전혀 불쌍하지 않다. 그래서 주연이가 불쌍하지 않았다. 뭐가 불쌍해? 예민한 성격은 자기

탓이지. 누가 괴롭혔나? 아, 친구 없고 학교에서 따돌림당한 거? 그것도 이해가 안 됐다. 주연이는 여자라서 잘 모를 거다. 진짜 고통은 따로 있었다.

폭력.

그것은 쉬는 시간에 일어나고, 계단이나 운동장 구석에서 일어나고, 학원 차 뒷좌석에서 일어난다. 친한 친구들과 같이 있을 때 일어나고, 낯선 아이들과 마주쳤을 때도 일어난다.

자전거를 타다가 넘어졌다거나 농구 시합을 하다가 다쳤다는 핑계를 대지만 그 안에는 미처 말하지 못한 폭언과 폭력이 있었다. 폭력은 남자아이들 사이에 공공연한 비밀이었다.

가해자와 피해자가 한 번씩 바뀔 뿐 완전무결한 승자도 패자도 없다. 고통스럽지만 룰은 바뀌지 않는다. 그럼 적응해야 한다.

나에게도 그런 날들이 있었다. 삥 뜯기는 일이나 빵 셔틀은 이미 초등학교에서 예행연습을 마쳤다. 이런 상황을 부모님에게 알리지 않았던 건 내가 맡은 역할에 대한 책임감 때문이었다.

"우리 아들은 성격이 달라. 순둥순둥하고 둥글둥글해. 어디에 내놔도 걱정 안 해. 누구에게나 사랑받을걸. 친구도 많고. 더 바랄 게 뭐 있어? 건강하고 평범하게 잘 크고 있는데."

엄마는 이모들에게 이렇게 말하며 내가 맡은 역할을 자랑스러워했다. 게다가 내가 아니면 이 역할을 맡을 사람이 없었다. 나는 빠르게 체념하고 맡은 배역에 충실했다. 아마도 그 일만 없었다면 쭉 그랬을 거다.

5학년 봄이었다. 할아버지가 내 생일 선물을 보내면서 주연이 선물도 보냈다.

내 것과 똑같은 장난감 드론이었다. 나는 서운했다. 할아버지와 할머니는 연년생인 나와 주연이를 쌍둥이처럼 대했다. 내 생일에는 주연이 선물도 같이, 주연이 생일에는 내 선물도 같이 보냈다. 싫고 좋은 게 별로 분명하지 않았던 나였지만 주연이와 세트로 묶이는 건 싫었다.

따스한 애정과 관심은 주연이가 등장한 순간부터 절반씩 나눠야 했다. 나는 주연이보다 더 많은 걸 바랐다. 나 혼자였다면 당연히 더 많이 받았을 사랑을 원했다.

온전히 나만의 선물, 나란 존재로서 사랑을 받고 싶었다. 안다. 욕심이라는 거.

나는 거실에서 장난감 드론을 가지고 놀았다. 손바닥만 한 드론은 플라스틱 재질의 공 모양이었는데 표면이 문양으로 얼기설기 뚫려 있어서 속이 훤히 보였다. 조종기를 켜고 드론을 작동하니 모터에서 굉음이 났다.

"민준아, 시끄러워. 밥 먹고 이따가 밖에 나가서 해."

엄마는 주의를 주고 주방에 들어갔다. 나는 드론을 챙겨 베란다 문을 열었다.

주연이가 별 좋은 데 앉아서 창밖을 내다보고 있었다. 나는 창문을 열고 드론을 띄웠다.

잘 날아가던 드론이 화단 벚나무에 걸렸다. 나뭇가지가 드론 표면 구멍을 관통한 것 같았다. 옆에서 구경하던 주연이에게 드론을 빌려 달라고 했다. 주연이는 망설임 없이 자기 방에 가서 드론을 가져왔다. 내 드론과 디자인이 똑같은 주연이의 드론은 역시나 같은 이유로 나뭇가지에 걸렸다. 나는 당황해서 화분을 받쳐 두던 벽돌을 밖으로 던졌다.

잘못된 판단이었다. 나뭇가지에 걸린 드론은 꿈쩍도 하지 않았다. 두 번째 벽돌을 던졌을 때 난데없이 유모차가 나타났다. 벽돌은 유모차에 떨어졌다. 밖에서 비명이 들렸다.

주방에 있던 엄마가 부리나케 달려왔다. 주연이가 손가락으로 나를 가리켰다. 엄마의 눈빛이 불안하게 흔들렸다.

"엄마, 오빠가……."

"주연이가 던졌어. 나는 말렸는데."

나도 모르게 주연이의 말을 가로챘다. 엄마는 안도했다. 주연이가 다시 말했다.

"엄마, 아니야. 벽돌은 내가 아니라 오빠가 던졌어."

엄마는 주연이의 말을 무시하고 아빠를 불렀다.

"여보, 주연이가 사고를 쳤어. 어떡해."

"아빠! 난 벽돌을 들고만 있었어. 오빠가 벽돌을 두 번 던졌는데……."

아빠가 나를 쳐다봤다. 폭력의 세계에서 자란 남자의 눈빛. 아빠는 누가 무력을 행사했는지 알아챘다. 아빠의 눈빛을 남자의 언어로 풀이하면 이랬다.

'네가 한 걸 알고 있다. 일을 수습하고 난 다음에 남자 대 남자로 다시 얘기하자.'

아빠는 눈으로 경고장을 날리고 서둘러 밖으로 나갔다. 나는 무서워서 울었다.

엄마가 나를 따로 불러 안방으로 데려가 문을 잠갔다. 엄마는 내 어깨를 붙잡고 조용히 말했다.

"김민준, 잘 들어. 엄마는 사람들이 수군대는 거 싫어. 이 일이 알려지면 사람들이 얼마나 수군대겠어? '그 집 작은애도 머리가 이상하다던데, 큰애도 이상한가 봐요.', 엄마 아빠를 욕하겠지. 아니, 엄마를 욕할 거야. 애들 잘못 키웠다고. 할아버지, 할머니, 고모도 난리를 치겠지. 그러니까 민준아, 엄마랑 약속하자."

엄마는 내 머리를 쓰다듬으며 말을 이었다.

"엄마는 벽돌을 주연이가 던졌다고 생각해. 무슨 뜻인지 알지? 주연이는 마음이 아픈 아이잖아. 주연이가 벽돌을 던졌다고 해도 돼. 괜찮아. 그건 어떻게든 수습할 수 있어. 근데 너는 아니야. 아빠가 물어도 대답은 같아야 해. 넌 아닌 거야. 알았지?"

엄마는 다 알고 있었다. 나는 몸을 벌벌 떨며 고개를 흔들었다.

"하지만 주연이가……."

"걱정하지 마. 엄마가 알아서 할게. 그러니까 너는 누가 물어도 아닌 거야. 알았지?"

엄마는 몇 번이나 다짐을 받고 나를 밖으로 데리고 나왔다. 주연이가 기대에 찬 눈빛으로 서 있었다. 엄마는 주연이가 원하는 말을 하지 않았다.

"둘 다 방에 들어가 있어. 엄마가 부를 때까지 꼼짝하지 마."

방에 들어가 나는 벽에 등을 대고 앉아 눈물을 글썽였다.

"사실대로 말해 줘. 벽돌은 오빠가 던졌잖아."

나는 무릎에 얼굴을 숨긴 채 대답하지 않았다.

"괜찮아. 엄마 아빠는 오빠를 많이 사랑하니까 용서해 줄 거야.

하지만 난 아니야. 오빠! 이따가 엄마 아빠가 오면 사실대로 말해 줘. 제발 부탁이야."

주연이가 애원했지만, 나는 사실대로 말할 수 없었다. 엄마를 배신할 수 없었다.

그 순간 내가 주연이에게 갚아야 할 빚은 산더미처럼 커졌다. 아마 평생 갚아도 다 못 갚고 죽을 것 같았다. 그러자 이번에는 내가 불쌍했다.

"됐어. 이유만 말해 줘."

핸드폰 너머에서 주연이가 재촉했다. 나는 엄마의 얘기를 하지 않기로 마음먹었다. 주연이가 계속 나를 미워하는 게 나을 것 같았다.

"넌 약 먹는 아이라고, 아픈 아이라고 다들 알았으니까. 네가 했다고 하면 괜찮을 줄 알았지."

"그게 다야?"

주연이의 목소리는 뜨겁지도 차갑지도 않았다. 나는 괜히 멋쩍어져 한숨을 내쉬었다.

"그래. 그때는 나도 어렸잖아. 겁이 났지. 나까지 그런 소문이 나 봐. 엄마 아빠가 견딜 수 있었을 것 같아?"

비겁했다. 나는 엄마가 했던 말을 되풀이하고 있었다.

"난 괜찮고?"

나는 침묵했다. 주연이가 말했다.

"넌 몰라. 엄마 아빠가 옆에 있었으니까. 난 혼자였어. 엄마는 날 미친 아이로 취급하고 언젠간 제대로 미쳐서 사람을 해칠 거라 믿었고. 너랑 아빠는 솔직히 방관했잖아."

음, 그게 전부는 아니었다. 아빠와 나는 엄마가 선을 넘지 않을 거라고 믿었다. 아빠는 아빠대로 긴 터널을 지나던 시기였고 나는 나대로 험난한 사춘기를 통과하던 때였다.

주연이를 방패막이 삼아도 나 역시 무사하지 않았다. 사이코패스 동생의 오빠, 살인자 동생의 오빠로서 견디기 힘든 수모를 겪었다. 난 적응하려고 노력했지만 쉽지 않았다. 겉으로는 티를 내지 않았어도 속으로는 왕창 곪았다.

엄마가 이미 선을 완전히 넘은 뒤에 아빠와 나는 동굴에서 나왔다. 상당히 늦은 감이 있었다. 엄마는 처방받지 않은 우울증약에 다이어트약을 추가해 주연이에게 먹였다. 그 때문에 주연이는 쇼크를 일으켜 병원에 실려 갔다.

병실에 누워 있는 주연이는 죽은 사람 같았다. 얼굴은 누렇게 뜨고 링거를 맞아 퉁퉁 부은 손과 발을 보면서 나는 간절히 빌었다. 살아만 있어라. 살아만 있어라.

그때 깨달았다. 주연이가 없는 삶을 바랐던 적도 있었지만 이번 생에 내 삶은 주연이가 있어야 존재했다.

아빠는 주연이의 일로 엄마와 심하게 다퉜다. 엄마는 아빠의 회사 문제로 스트레스가 심했다며 오히려 아빠의 잘못을 지적했다. 엄마가 짐을 쌌다. 나는 엄마를 따라갈 생각이 없었다. 그런데 아빠가 설득했다.

"민준아, 너라도 엄마를 따라가. 너까지 없으면 엄마 불안해서 못 견뎌. 아빠는 여기 남아서 주연이를 챙길 테니까 너는 엄마를 챙겨 줘."

아빠가 울었다. 나는 짐짓 분위기를 띄우려고 농담을 했다.

"왜 이래? 갱년기야?"

아빠는 내가 건넨 휴지에 코를 풀었다.

"아니, 사춘기. 다른 사람 눈치 보느라 사춘기를 건너뛰었더니 나이 들어 고생하네. 민준이 넌 누구 눈치 보지 말고 사춘기든 오춘기든 실컷 해. 해 보고 싶은 거 다 하고 살아."

아빠는 벌떡 일어났다. 편의점 파라솔 의자에서 드르륵 소리가 났다. 나도 일어나 탁자에 있던 쓰레기를 치우고 아빠와 나란히 걸었다.

"주연이는 별로 걱정 안 되는데, 아빠는 네가 걱정이야."

"내가? 왜?"

"넌 참고 있잖아."

"……."

"주연인 강단이 있어. 누가 공격하면 자기를 보호하려고 싸우고. 아프면 아프다고 말하고 싫으면 싫다고 하고. 자기만의 기준도 확실하잖아. 뭐든 그냥 넘어가질 않아."

"그게 좋은 거면 주연이는 치료를 왜 받았어?"

"엄마 욕심이지. 주연이가 엄마 뜻대로 안 움직여 주잖아."

"난 아니야?"

"넌 좋게 말하면 효자지. 이해심이 많고 정도 많고. 그 점을 이용하려는 사람한테는 속수무책으로 당해. 싸우는 법을 모르니까. 부산에서 엄마랑 있으면서 연습해 봐. 싫은 건 싫다 하고 좋은 건 좋다 하고. 딱 그 기준 하나만 있어도 세상 살기 편해. 그 점은 네 고모를 본받아야 한다고 생각해."

나는 그날따라 아빠의 말투가 고모와 비슷하다는 생각이 들었다. 아빠가 돌부리에 걸려 비틀댔다. 나는 뒷짐을 풀고 아빠의 팔을 붙잡았다. 아빠가 웃으며 어깨동무를 했다.

"아들이 커서 좋다. 이런 얘기를 할 수 있어서."

"그러니까 엄마가 걱정하는 일은 절대 안 생겨. 나는 엄마가 생각하는 사이코가 아니고 김주연이니까. 엄마한테도 꼭 전해 줘. 산티아고 걸을 때 할 얘기 없으면."

주연이가 차분하게 말했다. 아니, 누나처럼 말했다.

"내가 왜?"

나는 동생처럼 말했다. 역할이 바뀌었다. 아빠가 말한 게 이거였나?

통화를 끝내고 나는 버스에 올랐다. 손잡이를 잡고 서서 사과씨를 검색했다. 주연이가 찾은 정보 말고, 내가 알고 싶은 숙성된 정보가 나올 때까지, 찾고 또 찾았다.

나는 이 방법으로 내가 하고 싶은 일을 찾았다. 3년여 시간이 걸렸지만 헛되지 않았다.

빵 반죽처럼 나도 숙성의 시간이 필요했던 거다. 시간을 공들여 반죽하다 보니 매 순간 발끈했던 감정들을 내려놓게 되었다. 숙성된 반죽에서 나는 냄새는 달큼하고 부드러웠다. 오븐에서 빵이 부풀 때나 김이 모락모락 나는 따끈따끈한 빵을 마주할 때 냄새는 더 분명해졌다.

그 시간이 되면 정답과 오답이 뒤바뀌기도 했다. 주연이의 이야기도 충분히 숙성시켜서 엄마에게 전달할 거다. 다음 주 산티아고가 아니더라도 언제든 이때다 싶으면.

지금 내가 해야 할 일은 사과다. 나는 주연이에게 메시지를 두 번 나눠 보냈다. 숙성되지 않은 사과를 주연이가 어떻게 분류할지는 모르겠다. 답이 왔다.

-ㅋㅋ

잘 웃지 않는 주연이가 이 정도로 웃었으면 잘된 거다. 차창 너머로 표정이 여러 번 바뀌었다. 누나 같은 동생을 뒤쫓아 가려면 멀었다. 숨차게 달려가야겠다.

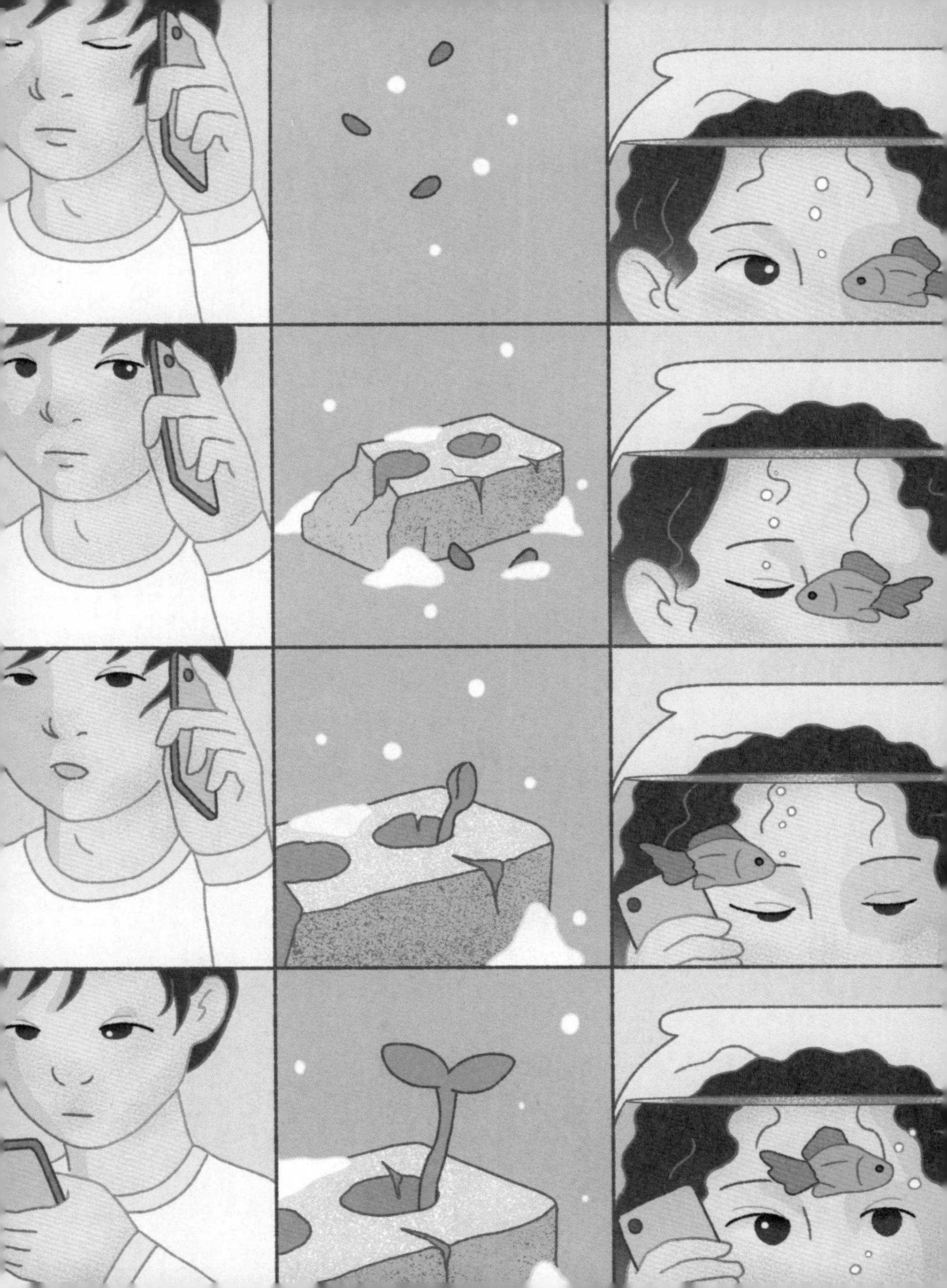

· 작가의 말

'나'라는 단어에는 '너'라는 의미가 포함되어 있다는 글을 읽은 적이 있습니다. 나 자신을 '나'라고 선언해도, 타인은 나를 '너'라고 지칭하니까요. '나'는 필연적으로 '너'일 수밖에 없다는 점이 모순처럼 느껴집니다. '나'라는 존재가 '너'라고 불릴 때 즉각 반응하는 점도 재미있습니다. 이 책의 주인공인 주연이는 동의하지 않을 테지만요.

주연이가 숨김없이 '나'를 드러내는 순간마다, 이해하기 힘든 '너'라는 부정적인 꼬리표가 따라붙었으니까요. 가장 가까운 가족들의 불편한 시선도 한몫했고요. 그런 주연이를 멀찍이서 지켜봐 주는 고모가 큰 힘이 되었지만, 주연이의 내면에 깊숙하게 자리 잡은 '너'를 제거하기에는 역부족이었습니다.

특히 주연이는 '너'라는 목소리를 외면하기가 어려웠습니다. 어느 틈엔가 주연이의 내면을 차지한 '너'라는 목소리는 '나'뿐이었던 주연이와 주연이의 의지마저 무너뜨리기 시작했습니다. 그때마다 주연이는 죽고 싶어졌습니다. 그만큼 절실하게 살고 싶었던 주연이가 '너'라는 존재를 물리치려고 부단히 애를 쓰는 모습이 안쓰러웠습니다.

그런데 주연이의 생각대로 '너'라는 존재를 물리치면, 생존을 위협하는 적에게서 '나'를 온전히 지킬 수 있을까요?

분명한 건 '나' 혼자서는 매우 힘든 싸움이 될 거라는 겁니다. '너'조차 없는 상황에서 '나'와 적을 구별하기 어려우니까요. 메아리가 '너'에게 부딪히지 못하면 형체가 곧 사라지듯이, '너'라는 존재 없이는 '나'를 확인할 방법도 별로 없습니다. '너'는 '나'와 함께하는 존재니까요. 주연이도 예외일 수는 없겠지요.

주연이가 적이라고 믿었던 '너(동시에 '나')'로 가득 찬 공간에서 벗어나 다른 시간, 다른 장소에서 이전과는 전혀 다른 시선과 마주하는 순간을 담고 싶었습니다. 짧은 여정이었지만 무수히 많은 가능성 중에서 타인에게 무해한 '나(동시에 '너')'를 발견한 주연이가 참 대견합니다.

마침내 무해한 '나'를 찾은 주연이처럼, 우리가 '너'에게 그리고 자기 자신에게 서로 무해한 존재이길 바랍니다. '옛날 옛적에' 이야기처럼 자기 안에 갇혀 있었던 나쁜(또는 나뿐인) 기억도 털어놓고 웃을 수 있는 시간이 지금이었으면 좋겠습니다.

전자윤

*이 도서는 2025 경기도 우수출판물 제작지원 사업 선정작입니다.

우주나무 청소년문학4 무해한 주연

초판 1쇄 인쇄 2025년 5월 8일 | 초판 1쇄 발행 2025년 5월 30일
글 전자윤 | 편집 한지연 | 디자인 아이디스퀘어
펴낸이 정하섭 | 펴낸곳 우주나무 | 출판신고 제2021-000100호
주소 10881 경기도 파주시 회동길 480 아트팩토리 B동 236호
전화 070-8848-1905 | 팩스 0505-360-1905 | 메일 woojunamup@naver.com
블로그 https://blog.naver.com/woojunamup | 인스타그램 @woojunamu_publishing

ISBN 979-11-93152-34-8 44810 ISBN 979-11-89489-95-3(세트)